Petra Lange

Die Flügel der Nike

Roman

SALON *Literatur*VERLAG

SALON *Literatur*VERLAG

1. Auflage 2017

Umschlagmotiv: Fa. LayIn, München
Lektorat: Wolfgang Weinkauf, Franz Westner
Titelbild: istockphoto, LightingKreative
Druck: Anrop LTD, Havazelet, Boursikai Str. 10
Petach Tikva 49277, Israel

SALON *Literatur*VERLAG
80634 München
Volkartstraße 2c
www.SALONLiteraturVERLAG.de
E-Mail: info@SALONLiteraturVERLAG.de

ISBN 978-3-939321-78-1

Petra Lange

wurde 1968 in München geboren. Sie wuchs in einem Kinderheim auf, absolviert das Abitur an der BOS für Wirtschaft, erlernte den Beruf der Bürokauffrau am Flughafen München, wechselte in die IT-Branche, fügte eine Ausbildung in Marketing hinzu.

1999 kam Sohn Simon auf die Welt. Nach einer kurzen Elternzeit arbeitete sie in der Redaktion eines Jugendmagazins. Nach Beendigung dieser Tätigkeit schreibt sie als freie Autorin für Zeitungen und Verlage. Entstanden sind neben wöchentlich erscheinenden Artikeln im Südostkurier, in der Harlachinger Rundschau, im Münchner Merkur und in der Kunstzeitung art & ambiente auch vier Gesundheitsratgeber. Gegenwärtig ist sie wieder in ihrem ursprünglich erlernten Beruf als Bürokauffrau tätig.

Literarische Arbeiten: Verschiedene Kurzgeschichten, u.a. „Das Meer“, FDA-Anthologie „Sommer“ 2015, und Gedichte in Anthologien.

Um Zeus zu gefallen, zog Nike sich
goldene Flügel an. Jungfräulich lobte sie
seine Kämpfer, machte ihnen Mut und sang
mit ihrer Mädchenstimme das Hochzeitslied.

Nach dem byzantinischen Dichter Nonnos von Panopolis
(5. Jahrhundert n. Chr.)

Die Flügel der Nike

Es war der 1. Juli 1897, als es in München auf der Prinz-Luitpold-Terrasse zu regnen begann. Die Arbeiter saßen zu Mittag in der Bauhütte, unter ihnen die Bildhauer Georg Pezold, Heinrich Düll und Max Heilmaier. Sie bissen in ihre Wurstsemmeln und tranken ihr Bier aus Krügen, das die Brauerei zum Münchner Kindl in einem Holzfass bereits am frühen Morgen auf einem Zweispänner geliefert hatte.

Georg machte sich wegen des Fertigungstermins Sorgen, der in exakt zwölf Monaten sein sollte. „Wir haben uns verrechnet, wir müssen Verzugsstrafe zahlen und die Schmach einer ganzen Stadt über uns ergehen lassen."

Max drängte: „Wir sollten uns bald an die Figur heranwagen. Sie ist ja auf unzähligen Skizzen vorhanden und wartet nur darauf, endlich Gestalt anzunehmen."

Den ganzen Vormittag hatte Max den Kalkstein behauen. Die Säule brauchte Hohlkehlen. Allein dafür waren drei Monate eingeplant. Ihm taten die Hände weh. Obwohl ihnen Steinmetze zur Verfügung standen, kamen die Bildhauer nicht um die schweren, staubigen Arbeiten herum. Dann hörte er noch, wie Heinrich vorschlug, dass sie vielleicht nochmals den Bürgermeister um einen Terminaufschub bitten sollten, als das Gespräch der drei Männer abrupt unterbrochen wurde.

Es gab einen gewaltigen Knall und eine Erschütterung, als hätte jemand einen Kanonenschuss auf die Bauhütte gefeuert. Die betäubten Ohren von zwanzig Mann warteten gebannt. Heinrichs Hund, ein kleiner schwarzer Terrier, vergrub nach kurzem Aufheulen die Schnauze bei seinem Herrchen.

Ein Orkan tobte. Der Regen bildete eine Wand aus Wasser, die Max ins Gesicht schlug, als er ins Freie trat. Er fand Holzbalken über den Platz verteilt, die da nicht hingehörten. Er schnappte nach Luft. Der Regen, den er vor Aufregung gar nicht mehr wahrnahm, durchdrang in wenigen Sekunden seinen weißen Arbeitskittel. Er rieb sich die Augen und suchte nach dem Gerüst, das an die siebzehn Meter hoch und an die hundert Zentner schwer war. Dann erkannte er die Zerstörung. Das Gestänge war vom Sturm vollständig niedergerissen worden und auf die Hütte gestürzt, in der die Männer saßen.

Seit seinem zwölften Lebensjahr arbeitete Max in zugigen Kirchen und auf Baustellen, aber so etwas hatte er noch nicht erlebt. „Das geht nicht mit rechten Dingen zu“, schimpfte er. Normalerweise war er nicht abergläubisch, aber nun überkamen ihn Zweifel, ob sie mit dem Friedensdenkmal nicht ein Unheil heraufbeschworen. Doch fühlte er sich dafür nicht verantwortlich. Einem Bildhauer, war ihm gelehrt worden, sei die Gabe ja nur geliehen und er durfte in Gottes Namen arbeiten.

Wie ein Arzt untersuchte er den griechischen Tempel, die Steinfiguren, die Wände mit den Reliefs und die Säule, die nicht allzu hoch und noch lange nicht fertig war. Er fand die Kunstwerke unversehrt. Erlöst atmete er auf, als habe man ihm einen schweren Mühlstein vom Hals genommen.

Wind und Regen hatten nachgelassen. Die Arbeiter räumten die Balken auf die Seite. Allmählich kehrte die Ordnung zurück, und am Ende des Tages sprachen sie ein gemeinsames Gebet.

Max hörte, wie Georg die Männer mit tröstenden Worten in den Feierabend entließ: „Es ist schon ein Wunder, dass wir in der Hütte waren, als das Gerüst umstürzte.“

Wenn man es von diesem Standpunkt aus betrachtete, hatte er Recht, dachte Max. Der Herrgott persönlich hatte sie beschützt, und der Bau des Denkmals stand ab sofort in einer ganz neuen Mission.

Als der Bürgermeister am nächsten Tag vorbeikam, um sich ein Bild von den Schäden zu machen, erkannte Georg die Gunst der Stunde und verlangte den nötigen Aufschub für den Fertigungstermin. Man einigte sich. Am Ende der Woche war das Gerüst wieder aufgebaut.

Die ganze Prinzregentenstraße befand sich im Bau. Die Arbeiten am nahen Theater, in dem einmal die Opernfestspiele aufgeführt werden sollten, gingen zügig voran. Und auch auf der anderen Seite der Isar hörte man das Steineklopfen. Dort wuchs das Bayerische Nationalmuseum. Dank des anhaltenden Friedens profitierten alle vom Aufschwung.

Als Max an diesem Tag nach Hause kam, schrieb er einen langen Brief an seinen Vater.

1. Juli 1897

Verehrter Vater,

wie schnell doch die Zeit vergangen ist, seitdem ich das letzte Mal zu Besuch bei Euch war. Euer Gespräch fehlt mir sehr. Mit dem Briefeschreiben habe ich so meine Qual, da ich manchmal nicht weiß, wie ich mein Leben und Schaffen beschreiben soll. Somit beginne ich erst einmal mit den familiären Ereignissen.

Meine Schwester Carolina hat mir geschrieben. Ich soll Taufpate für ihr Neugeborenes werden. Sie will das Kind Maria nennen. Sie wünscht sich auch, dass Ihr und Mutter dabei seid. Und Schwester Ludovica war in München zu Besuch. Sie lebt mit ihrem Gatten seit kurzem in Wasserburg, und nun haben sie mich eingeladen. Wenn ich doch nur die Zeit dafür hätte.

Für das Denkmal werden wir noch ein Jahr benötigen, erst dann kann ich wieder nach Isen zurückkehren und ein ganz normales Leben führen. Ich bete oft, dass alles gut wird.

Heute hat doch tatsächlich ein Orkan das Gerüst vom Denkmal weggerissen. Auf wundersame Weise ist aber niemandem etwas passiert. Ihr könnt Euch vorstellen, wie einem da zumute ist. Ich habe jetzt noch eine Gänsehaut, wenn ich nur daran denke.

Wir hatten Glück, wie damals, als der Magistrat und die Prinzregent-Luitpold-Stiftung im Namen der Stadt München uns den Auftrag für den Bau übertragen hatten. Wir strahlten wie die Kommunionkinder. Die Grundsteinlegung wurde auf den Friedensgedenktag datiert, fünfundzwanzig Jahre nach dem Deutsch-Französischen Krieg.

Die Schwierigkeit ist nur, womit macht man sich gemein. Jedenfalls nicht mit einem Blendwerk.

Mir wäre eine Freiheitsstatue lieber gewesen. Doch leider will Bayern kein Denkmal, das Einwanderer be-

grüßt. Die Obrigkeit wünscht ein Denkmal für Helden, für die gefallenen bayerischen Soldaten. Von den Franzosen, die immerhin in der Mehrzahl in diesem Krieg fielen, war nicht die Rede.

Ich werde daher ganz nach der Natur gestalten, mich Elementen und Material aussetzen, in der Hoffnung, dass man im Stillen etwas erschafft, das die Irrtümer überlebt.

In meinem Kopf klopft es manchmal heftig. Ständig spukt dieser Satz herum: Tugend bedingt durch Ästhetik. Wer hat ihn mir eingraviert? Er sollte doch lieber andersherum lauten, Ästhetik bedingt durch Tugend.

Die Skizze war von uns drei Studenten der Königlich-Bayerischen Kunstakademie übereilt unter dem Motto „Kleeblatt" eingereicht worden, schon wegen der Professoren, die bei dem Wettbewerb alle mitmachten. Wir rechneten kaum damit, dass Heinrich, Georg und ich die drei Auserkorenen werden würden.

Das Preisgeld von tausend Mark teilten wir durch drei. Für mich ist das viel Geld und ich muss mir zunächst keine Gedanken mehr machen, wie ich meinen Lebensunterhalt bestreite. Doch wer so viel Glück hat, bekommt Feinde. Professor Romeis arbeitet seit dem Wettbewerb mit allen Mitteln gegen uns. Georg meinte, wir seien da wie eine Bombe hineingeplatzt, ganz unerwartet, und wenn es möglich gewesen wäre, hätten sie uns stillschweigend übergangen. Zustimmende Ge-

müter prophezeien uns jedoch, mit dem Friedensdenkmal würden wir zu etablierten Bildhauern werden.

Mir ist, als wären mir über Nacht Flügel gewachsen. In der Kunststadt München kann man nämlich nur schwer überleben, wenn man nichts vorzuweisen hat, da es zu viele aufstrebende Konkurrenten gibt. Heerscharen von Künstlern aus ganz Europa gastieren mittlerweile an der Isar. Uns Jungbildhauern ist die Wettbewerbssituation durchaus bekannt. Da braucht es Wunder. Und genau dies traf unverhofft ein.

Lieber Vater, ich möchte Euch bald wieder einen Brief schreiben. Dann werde ich meinen Bericht fortführen.

Euer Sohn Max

*****

Kurz vor Mitternacht hatte es wieder zu schneien begonnen. Die Bäume und Büsche in der Maximiliansanlage verwandelten sich in weiße, bizarre Kunstwerke. Die Scheinwerfer, die sonst den hundertjährigen Engel am Europaplatz beleuchteten, waren ausgeschaltet. An seiner goldenen, glatten Haut blieben die Flocken nicht haften. Irene hatte ihn in der Dunkelheit nicht bemerkt. Sie war mit dem Auto vorbeigefahren, suchte nach einer bestimmten Straße. Schließlich fand sie die Adresse ihres Bruders.

Michael zeigte ihr den Weg in die Küche, entschuldigte sich wegen der Unordnung, räumte hastig Flaschen und benutztes Geschirr weg. Die Bank musste er von Zeitungen befreien. Ihren Mantel hängte er an die Garderobe, weit genug weg von seinem schmutzigen Arbeitskittel. Wie viele Jahre hatte er seine Schwester nicht gesehen? Der Grund ihres damaligen Streites schien ihm jetzt lächerlich klein.

Irene zögerte, zupfte an ihrem Pullover, geräuschlos setzte sie sich mit dem Rücken zur Wand. Ihre Hände berührten den Tisch, als gehörte das Holz zu einem Boot, das sie rettete. Es war warm. Eine gelbe Schirmlampe beleuchtete seine Fläche. Sie betrachtete die Maserung und stellte sich vor, wie dieser Baum wohl ausgesehen haben mochte.

Er fand sie blass. Das blonde Haar wirkte strähnig. Es ließ gerade noch ihre Augen frei, türkise Regenbogenhaut, mal blau, mal grün. Immer noch leuchteten sie und ihr Innerstes schimmerte wie bei Opalen.

„Was treibt dich nach München“, fragte er vorsichtig.

Sie wich seiner Frage aus, suchte stattdessen ihr Handy in der Handtasche und prüfte, ob eine Nachricht von Stephan eingegangen war.

„Soll ich dir einen Tee machen?“, fragte Michael.

„Ja, das wäre lieb von dir.“

Sie beobachtete seine Bewegungen, wie er den Wasserhahn aufdrehte. Sehr lange ließ er das Wasser laufen. Es beruhigte sie. Dann füllte er die Kanne und stellte sie auf die Kochstelle. Das Wasser brodelte. Schließlich legte er Teebeutel in zwei Tassen, goss ein, verschüttete etwas und verbrühte sich bei dem Versuch, es aufzuhalten.

„Du musst kaltes Wasser drüberlaufen lassen.“

Ihre Stimme klang wie früher, und dennoch wirkte sie verändert. Jetzt hatte sie etwas Zerbrechliches. War es doch wegen der alten Sache? Kam sie deshalb zu ihm?

„Ach, das ist nicht so wild“, beruhigte er sie.

Ihr fiel auf, wie zerschunden seine Hände waren. Früher hatte sie versucht, ihren Bruder zu erziehen.

Vor dem Essen hatte sie ihm manchmal das Besteck weggenommen, bis er sich die Hände waschen gegangen war. Meistens war er wütend geworden. Einmal hatte er ihr eine Gabel entrissen. Die Spitzen trafen sein Gesicht. Er hatte geschrien und war zu Großmutter gerannt, wollte sich gar nicht mehr beruhigen. Zum Glück war es nur ein harmloser Kratzer gewesen.

Großmutter hatte ihm von einem Engel erzählt, der stillstehen musste, weder fliegen noch sprechen durfte. Seine Augen tränten häufig, weil sie zu lange offen standen und den Engel dann zwangen, zu blinzeln. Doch das durfte niemand sehen. Und dann drückte sie ihre Stirn an die von Michael, so dass sich ihre Wimpern beim Zwinkern berührten.

Er wollte wissen, wo der Engel war. Sie sagte, sie hätte ihn in einer großen Stadt gesehen.

Großmutter war so stark, aber auch sie ist verschwunden, dachte Irene. Sie konnte noch ihre Stimme hören, die ihr manchmal sagte: „Es wird alles gut."

„Was ist eigentlich aus deinem Studium geworden?", wollte Michael wissen. „Bist du nun Architektin? Das wolltest du doch immer werden."

„Ja, ich habe Architektur studiert." Sie fuhr sich mit den Fingerkuppen über die Stirn hin zu den Schläfen, als habe sie plötzlich Kopfschmerzen. Noch immer hatte sie das Gefühl, in einem Auto zu sitzen.

Ihre Augen brannten. Sie war die ganze Stecke von Berlin nach München in einem Stück gefahren.

„Komm, ich muss dir was zeigen", sagte Michael.

Sie folgte seiner Aufforderung und blickte nun in einen Raum mit hohen Wänden. Es war eine Werkstatt mit mehreren Drehbänken und vielen Geräten. Es roch nach Metall und Schmieröl. An der Decke war ein Kran mit Flaschenzug befestigt, dessen Seile herabhingen. Daneben ein Absaugrüssel. An einer Wand stapelten sich Platten, Rohre und Tonblöcke. Ein Sack voll Gipspulver stand in der Ecke. Michael zeigte Irene stolz die Metallkreissäge, die Schleifmaschine, die Bohrmaschine und gleich mehrere Schweißgeräte. Auf dem Boden lag etwas, dass jedoch die ganze Fläche einnahm. Michael zog vorsichtig das Tuch weg, das den Gegenstand verhüllte, und erklärte feierlich:

„Dieser Flügel gehört einem Engel. Er ist abgebrochen, und ich darf ihn restaurieren."

Dann tastete er nach dem golden schimmernden Metall, als wollte er sich vergewissern, dass es noch lebte. Aber seine Schwester schien sich nicht sonderlich dafür zu interessieren. Sie stand nur da und sagte kein Wort.

Sie dachte an Stephan. Vielleicht hatte sie morgen die Kraft, nach ihm zu suchen. Sie spürte den Abstand, der zwischen ihnen lag und immer größer wurde. Etwas war kaputtgegangen. Damals waren die Splitter tief in sie eingedrungen. Jetzt schwebte sie in einer Leere ohne jedes Gefühl.

*****

Stephan wurde am Flughafen abgeholt. Sie fuhren die Autobahn in Richtung München und dann auf einem mehrspurigen Ring an der Innenstadt vorbei. Sie nahmen die Ausfahrt nach Osten und kamen durch ein Wohngebiet, das an ein Industriegebiet grenzte. Dahinter Felder und versprengte Bauernhöfe. Am Horizont tauchten Hochhäuser auf.

„Dort ist Grünfeld“, sagte der Fahrer.

Es war ein drückend heißer Julitag. Stephan fand den Namen Grünfeld nicht gerade originell. Doch er war froh, dass sie ihn mit dem Bau des Krankenhauses in dem neuen Stadtteil beauftragt hatten. Auf einer Bautafel prangten die Namen der Firmen, die das Projekt finanzierten. Dahinter ragten Kräne empor und bedienten jene Häuser, die noch nicht fertig waren. Die Straßen wurden nach Ländern benannt, die in der Europäischen Union waren, und der Asphalt hatte an den Rändern noch seine dunkle, frische Teerfarbe. Pkws fuhren hier kaum. Es gab Haltestellen und davor Menschen, die an großen Werbetafeln warteten und in blaue Busse stiegen.

Stephan trank in einem Zug sein Mineralwasser leer. Er trug ein kurzärmeliges, verwaschenes T-Shirt und eine leichte Baumwollhose. Sein Haar, dessen Farbe schon etwas ausgeblichen war, bändigte er mit einer Schirmmütze. Er hatte seine Brille aufgesetzt, die mit den altmodischen Hornecken und optischen Gläsern. Ohne die war er hilflos, wenn er in der Weite etwas erkennen wollte.

Er öffnete das Fenster und dachte an Irene. Vielleicht würde sie schnell über ihn hinwegkommen und jemanden anderen finden, mit dem sie glücklich werden konnte. Dann versuchte er, sich wieder auf das zu konzentrieren, was unmittelbar vor ihm lag, ein Bauprojekt, das es so noch nicht gegeben hatte, eine ‚Stadt für Flüchtlinge'.

Sein Fahrer hieß Puma. Er grinste schon die ganze Zeit komisch. Daher fragte Stephan: „Was ist so lustig?"

„In diesem Ghetto brauchst du Freunde, Mann. Ich bin jetzt schon ein Jahr hier und ich kann dir nichts Gutes über diese Stadt sagen."

Stephan störte, dass er tatsächlich nicht wusste, wer oder was ihn hier erwartete. Das SED-Regime hatte er selbst miterlebt. Oft stellte er sich vor, dass die alten Parteigenossen, Generäle und Richter, die sie nicht verurteilt hatten, plötzlich wieder auftauchten. Sie schienen damals alle wie vom Erdboden verschwunden. Womöglich hatten sie unter anderen Identitäten weiter operiert. Deshalb scheute er jede Ideologie und Religion. Die Architektur war an ihre Stelle getreten.

Hinter einem neuen Baustellenzaun entdeckte er einen hässlichen Altbau. Das Erdgeschoss bestand aus groben Ziegeln. Die Stockwerke darüber waren dunkelgrün verputzt. Puma bat Stephan hier auszusteigen.

Er meinte: „Wir sehen uns dann später."

Es handelte sich um ein ehemaliges Gefängnis, in dem nun die Einwohnermeldestelle und ein Jobcenter untergebracht waren. Die Menschen wurden hier aber auch nach ihrer Herkunft und ihrer Fluchtgeschichte befragt. Sie wurden untersucht und eingestuft, bekamen Essensmarken und Wohnraum zugeteilt. Der ganze Beamtenapparat war vor Ort.

Stephan musste sich anmelden, seinen Ausweis zeigen und sein Anliegen vortragen. Man erwartete ihn. Der Beamte nannte sich März, trug Soldatenhosen und ein hellblaues Hemd. Er sei zuletzt Offizier und Bauleiter bei den Truppen in Mazar-e-Sharif in Afghanistan gewesen, protzte er, und habe die gesamte Infrastruktur dort errichten lassen.

Stephan lief ihm hinterher, über beigefarbene, abgetretene Kacheln. Die Gänge wurden von vergitterten Eisentüren unterbrochen. Sie standen offen, konnten jedoch verriegelt werden. Er hatte ihn nicht sofort erkannt, nach all den Jahren, aber nun war er sich sicher: es war Richard. Was machte der hier? Wieso nannte er sich jetzt März?

Schließlich betraten sie sein Büro. März bat ihn, sich zu setzen, erklärte ihm die Lage und deutete dabei auf eine Karte: „Und hier soll das Krankenhaus hin."

Am Ende der Unterredung erhielt Stephan den Schlüssel zu seiner Unterkunft. Ihm war, als sei er in die Vergangenheit gereist: Ost-Berlin, Neu-Hohenschönhausen, DDR. Im Auftrag Honeckers waren damals elfgeschossige Plattenbauten entstanden. Er hatte als Architekt zusammen mit Richard an den Plänen für eine der zahlreichen Baufirmen gearbeitet. Hohenschönhausen I und Hohenschönhausen II waren für insgesamt fünfundzwanzigtausend Einwohner geplant worden. Junge Familien bekamen eine schnelle Einzugsgenehmigung. Die Bewohner nahmen in Kauf, inmitten von Baustellen, Dreck und Lärm zu leben.

Aber dieses neue Wohnprojekt übertraf alle seine Vorstellungen. Es war für dreihunderttausend Menschen angelegt worden. Puma hatte ihn inmitten der Neubauten im Westen der Stadt abgesetzt, am Hauseingang Nummer 257. Als Stephan seinen fachmännischen Blick die Hauswand emporklettern ließ, erkannte er, dass hier schnell und billig gebaut wurde. Die ersten Wasserflecken waren bereits erkennbar. Man würde bald sanieren und womöglich in zehn Jahren ganz abreißen müssen.

Im Gebäude hatte jemand die neuen Briefkästen mit Graffiti übersprüht, die üblichen Nazisymbole. Dasselbe im Treppenhaus. Stephan nahm den Lift. Seine Wohnung lag im zehnten Stock. Alles war neu, noch niemand hatte hier gewohnt. Vorerst war es nebensächlich, dass die Küche keinen Herd und keinen Kühlschrank hatte. Es gab ein Bett und er konnte das Bad benutzen.

Er sah aus dem Fenster und überlegte, ob Richard ihn absichtlich für das Krankenhaus ausgewählt hatte. Er hatte ihn seit damals, seit seiner Inhaftierung nicht mehr gesehen. Sie wollten die Republik verlassen, doch man hatte sie geschnappt. Sie waren schon länger observiert worden, teilte man ihnen mit. Er hatte Richard nie wiedergesehen.

Am Horizont erkannte er die Alpen. Er versuchte, sich ihre Entstehung vorzustellen, dachte an Eruptionen und Druckwellen, wie sich das Ganze auftürmte und schließlich erstarrte. Die Vergangenheit war versteinert, dachte er.

Als es an der Tür schellte, fuhr er zusammen. Der Ton glich einem Signal, das er aus seiner Haft kannte, wenn ihn die Stasi aus seiner Zelle holen kam, um ihn bis zur Erschöpfung auszuquetschen. Sie isolierten ihn und ließen ihn hungern und frieren. Als er schließlich aussagte, dass Richard die Flucht in den Westen geplant hatte und er, Stephan, nur Mitläufer war, fühlte er sich elend.

Es ist nur der Schall, versuchte er sich zu beruhigen, der sich in leeren Räumen ausbreitet. Er öffnete die Tür und erkannte Puma, der fragte, ob er Hunger habe. Er bot ihm an, ein Huhn zu braten, als wäre das alles hier ein Abenteuer, eine Zusammenkunft von Pfadfindern, die um ein Feuer saßen. Die Einladung nahm Stephan dennoch an, sein Magen knurrte.

Pumas Wohnung war eingerichtet. Die Wände dunkelrot gestrichen, mit gerahmten Fotografien und mit einem antiken Dolch dekoriert. Auf dem Fußboden des Wohnzimmers lag ein gewebter Teppich mit orientalischem Muster. Gegenüber einer grünen Couch stand ein Fernseher mit einer mobilen Satellitenschüssel.

„Gemütlich“, sagte Stephan.

Puma grinste: „Ich hab einen Job und eine Wohnung. Sollte mich also glücklich schätzen.“

„Warst du auch in Afghanistan?“

Puma lachte und meinte: „Nein, Mann!“

„Aber du bist doch so etwas wie ein Security?“

„Und, bin ich deshalb verdächtig?“

Tags darauf ließ Stephan sich von Puma zur Baustelle fahren. Sie mussten einmal quer durch die neue Stadt. Jeder Block unterschied sich durch eine leicht veränderte Farbkombination. Betongrau mit einem Farbtupfer Ocker oder Zimt und dann wieder Kirschrot. Meist waren es senkrechte Streifen entlang des Treppenhauses. Ein Monsterblock nach dem anderen, dachte Stephan, Kreationen aus einem digitalen Bauprogramm. Es fehlten zudem Balkone. Sie waren nur angedeutet worden.

Zwischen den Wohnburgen zogen sich breite Fahrstraßen. An den Ampeln hatte man das Gefühl, dass man zu lange wartete. Stephan sah aus dem Einkaufszentrum Menschen herauskommen. Die Frauen trugen Kopftücher und überquerten mit großen Taschen und Kinderwägen den Zebrastreifen. Ihre Körper hielten sie trotz der Hitze bedeckt. Sie wanderten entlang der frischen Beete, wo die jungen Bäume gepflanzt waren.

Ein letztes Mal bog Puma ab und nach einem Kilometer sagte er: „Wir sind da!“

Hinter blauen Wohncontainern erstreckte sich leuchtend gelbes Land. Die Rapsblüte strahlte wie eine gigantische Sonne gegen graue Quellwolken an. Aber Stephan sah nur Plastiktüten, die an Eisenstangen im Wind flatterten. Sie markierten das Gelände, auf dem einmal das Krankenhaus stehen sollte. Er balancierte über den Schotter und versuchte sich den Baukörper vorzustellen, Räume, gläserne Verbindungen, transparente Türen, große Fenster, Tageslicht, das durch Oberlichter einfallen konnte.

Fast wäre er in die Baugrube gefallen und brüllte: „Wieso hat hier noch niemand einen Bauzaun aufgestellt? Das ist doch lebensgefährlich!"

Auch hatte er seine Männer noch nicht zu Gesicht bekommen. Vielleicht schliefen sie in den blauen Containern, die entlang des Feldes aufgestellt waren. Doch ein kräftiger Kerl in Latzhose stand plötzlich vor ihm und sagte:

„Alles paletti, Chef?"

Er stellte sich als Matze vor, meinte, die Arbeiter seien bereit und könnten sofort mit der Arbeit beginnen.

*****

Im Raum war es so kalt, dass sie den Nebel ihres Atems sehen konnte. Mit dem Erwachen kam die Angst. Irene hatte wieder diesen Alptraum, der sie seit ihrer Kindheit erschreckte, als ihre Eltern nicht zurückgekehrt waren.

Nebenan hörte sie, wie Michael Geschirr aus dem Schrank holte und den Tisch deckte. Sie stand auf, zog sich die Schuhe an und ging hinüber in die Küche.

Er fragte, ob sie Kaffee oder lieber Tee möchte, und bot ihr frisches Brot an. Sie sprachen tatsächlich wieder miteinander nach all den Jahren, wie damals, als sie noch bei Großmutter wohnten. Irene nahm dieses heimelige Gefühl tief in sich wahr.

„Wem gehört der Flügel eigentlich, und wie willst du ihn reparieren?“, fragte sie mit schläfriger Stimme.

„Der Flügel gehört zum Münchner Friedensengel. Ursprünglich war es wohl eine Nike, eine griechische Göttin. Du hast sicher das Denkmal gesehen, als du zu mir gefahren bist. Leider ist der Flügel nicht mehr zu retten. Wir müssen abformen und neu gießen.“

„Wer ist wir?“, wollte Irene wissen.

„Sam und ich.“

Er warf die Zeitung auf den Tisch und kommentierte: „Sie behaupten, es sei mutwillige Zerstörung gewesen. Schuld waren aber Korrosionen, verursacht durch Luftverschmutzung, Wind und Nässe. Eine Restaurierung wäre längst überfällig gewesen. Und dieser Stürz vom Denkmalamt hat überhaupt nicht reagiert, als ich ihm angeboten habe, nach dem Engel zu sehen."

Seine Stimme wurde wieder leiser, als er ihr noch einen Kaffee anbot. Dennoch hatte sie das Gefühl, in sein Leben eingedrungen zu sein. Sie hatte ihn mit ihrem Besuch überrascht. Womöglich hätte er ihr abgesagt, wenn sie ihr Kommen angekündigt hätte.

Als es klingelte, meinte Michael: „Wenn man vom Teufel spricht", und eilte zur Tür. Irene vernahm eine Frauenstimme, die lauter wurde. Michael sagte: „Ich habe jetzt keine Zeit, meine Schwester ist da."

Irene blickte zum Fenster hinaus auf die Straße. Sie sah ihren Bruder neben einer zierlichen Person mit schwarzen langen Haaren, hellblauem Schal, braunem Ledermantel, Turnschuhen. Die junge Frau war mit einer Energie geladen, die sie über den Asphalt schweben ließ. Ihr Bruder hingegen hatte einen eher schwerfälligen Gang. Vielleicht lag es an seinem Bauchumfang. Die Hände klemmten in den Hosentaschen und die Schultern waren hochgezogen. Der Kopf tendierte nach rechts. Einmal sah es so aus, als würde er stolpern. Seine Arme fingen an zu rudern, verwandelten dann das Ganze in eine

Art Tanz. Er brauchte Raum. Früher, so erinnerte sie sich, hüpfte er wie ein Floh neben ihr her.

Als es erneut schellte, stand ein Mann mit schulterlangen, dunklen Haaren und einem Werkzeugkasten im Eingang: „Hi, wo ist Michael?“

„Du hast ihn gerade verpasst. Soll ich ihm etwas ausrichten?“

„Es ist wegen der Arbeit.“

„Ach ja, der Engel“, meinte sie beiläufig.

Er sah sie jetzt belustigt an: „Ich heiße Samuel, aber Sam ist besser. Und ich bin kein Engel.“

Sie lachte, das erste Mal seit langem, und sagte schließlich:

„Ich bin Irene, die Schwester. Lust auf Kaffee?“

Sie beobachtete ihn, wie er Tabak und Zigarettenpapier aus seinem blauen Overall hervorholte und auf den Küchentisch legte. Aus einer Dose nahm er etwas Dunkles. Er hielt die Flamme seines Feuerzeugs daran und krümelte es in den Tabak. Geschickt drehte er sich eine Zigarette, entzündete sie und paffte zufrieden vor sich hin. Ein würziger Geruch, der an Salbei erinnerte, verbreitete sich im Raum. Er bot ihr an, auch einen Zug zu nehmen.

„Nein danke, das ist nichts für mich.“

„Mir hilft es beim Arbeiten“, entschuldigte sich Sam.

„Und was machst du nach der Arbeit?"

„Musik. Ich spiele Gitarre, aber das hilft nicht wirklich, wenn man unglücklich ist."

„Worüber bist du unglücklich?"

„Mir geht es gut", wehrte er sich.

Wie schnell sie ihn in ein Gespräch verwickelt hatte, dachte Sam. Zu seiner Erleichterung kam Michael soeben zur Tür herein.

Die Männer begrüßten sich mit Handschlag. Sogleich begannen sie mit der Arbeit.

Michael konzentrierte sich. Präzise wie ein Chirurg schnitt er an den entsprechenden Stellen, schweißte, präparierte, glättete und ersetzte, was beim Absturz abhandengekommen war. Mit einem Brenner erhitzte er die Bronze, legte eine neue metallene Haut darüber und fügte Altes mit Neuem zusammen. Und immer wieder fegte er Metallspäne beiseite, die sich in den Fugen des Flügels verfingen. Anschließend fühlte er mit seinen Fingern nach, ob alles sauber war. Am Ende zersägte er den Flügel der Länge nach in zwei Hälften. Das war notwendig für den Abguss.

Beim Auseinanderklappen der Flügel begutachtete er die Innenwände. Das Metall war vom Rost zerfressen und musste gleich der Außenhaut bearbeitet werden.

„In einer Woche schaffen wir das garantiert nicht. Wie sich dieser Stürz das nur vorgestellt hat?“, schimpfte Michael.

„Vielleicht will er einen Orden?“, witzelte Sam.

„Kann ich euch denn irgendwie helfen“, fragte Irene. Sie hoffte, Michael würde sie in seine Arbeit miteinbeziehen. Dann könnte sie etwas für ihn tun. Und vielleicht ergäbe sich dadurch eine Gelegenheit, sich auszusprechen.

Er winkte ab: „Von dieser Arbeit wird man nur schmutzig.“

Irene fragte, ob sie dann den Laptop benutzen dürfe, den sie auf der Werkbank entdeckt hatte. Michael hatte nichts dagegen. Das Internet funktionierte einwandfrei, stellte sie zu ihrer Freude fest, und prüfte sogleich ihre E-Mails. Sie fand aber keine Nachricht von Stephan.

Als Sam sich eine Cola holen ging, blieb er bei ihr stehen, spähte über ihre Schulter und zeigte ihr mit wenigen Klicks den Friedensengel auf Google Earth. Die Auflösung war grob, die Figur blieb unscharf, Gesicht und Gewand zu einer Fläche verschwommen. Sie war auf Augenhöhe mit dem Engel und blickte nach Westen über München.

Der Europaplatz war abgesperrt, der Verkehr umgeleitet worden. Jemand hatte die Fahnen gehisst. Ein eiskalter Wind blies. Die Befestigungsseile schlugen an die metallenen Masten. Das Friedensdenkmal stand nur wenige Schritte entfernt. Irene wollte es sich aus der Nähe ansehen.

Zu beiden Seiten wanden sich Freitreppen den Hang hinunter und mündeten in einen Park mit Hecken und Wegen. Die Mitte bildete ein Brunnen, der jetzt im Winter abgedeckt war. Hoch über allem schwebte ein Engel.

Er stand auf einer Säule, die einem quadratischen Unterbau entsprang, welcher einem griechischen Tempel nachempfunden war. Kolossale Steinfrauen dienten als Stützen und trugen das gewaltige Gewicht der Friedenssäule samt Engel auf ihren Häuptern. Dabei blickten sie in alle Himmelsrichtungen, als hielten sie nach etwas Ausschau. Sie wirkten streng und abweisend.

Irene blickte von einer Anhöhe auf die Stadt. Sie kannte München nur von wenigen Besuchen. Als Schülerin war sie mit der Klasse im Stadtmuseum gewesen und ein anderes Mal in Bogenhausen, um noch einmal mit Michael zu reden. Er hatte ihr die Tür nicht geöffnet.

Sie betrachtete die bunten Jugendstilmosaiken im Inneren des Tempels. Die Motive waren Krieg und Frieden. Der Sieg schien Voraussetzung für Wohlstand und Sicherheit. Ein Steinchen fehlte, ein dunkler Fleck, der deutlich machte, dass sich hinter dem Bild nichts befand.

Sie wollte den verschneiten Hang hinunter, auf den Weg, der direkt an der Isar entlang führte. Dunkelgrün wand sich der Fluss durch weiße Ufer nach Norden. An manchen Stellen konnte sie bis auf den Grund blicken. Sie lauschte seinem Gurgeln. Vorsichtig atmete sie die kalte Luft ein und wickelte ihren Schal fester um ihren Hals.

Sie war froh darüber, ein wenig Sonne auf ihrem Gesicht zu spüren. Die Kälte konnte ihr nichts anhaben. Von der Brücke aus sah sie fünf Schwäne, die dicht über dem Wasser flogen. Auf der anderen Uferseite wollte sie zurückkehren. Sie konnte den Münchner Friedensengel sehen. Sie kam ihm näher und er wurde größer. Ein Flügel fehlte, doch sie glaubte einen Umriss zu erkennen.

Sie dachte an den gestrigen Tag zurück, an diesen dunklen Morgen, als sie in Berlin losgefahren war, über die trostlose Karl-Marx-Allee, über die jeden Tag hunderttausend Fahrzeuge donnerten. Sie war am Fernsehturm, am Alexanderplatz vorbei und über die Spree gefahren, zu ihrer Rechten der Lustgarten, der Dom und die alten Museen, links das neue Schloss, das zu DDR-Zeiten gesprengt worden war. Sie befand sich auf der Prachtallee Unter den Linden. Am Ende der Straße stand das Brandenburger Tor wie eine Grenze. Die Quadriga schien jeden Moment vom Dach zu fallen.

Als Irene Berlin hinter sich gelassen hatte und auf der dreispurigen Autobahn war, fühlte sie eine Schwere, die sie fast erdrückte. Sie gab Gas, der Belag wechselte die Farben von Bleigrau auf Graurot und dann auf Weißgrau. Links und rechts sah sie beschneite Felder. Darauf standen Windräder, die sich gleichmäßig drehten, Riesen, die durch friedliches Schneeland wanderten.

Sie drosselte das Tempo. Die Fahrbahn war einspurig geworden. Sie fuhr über alte Betonplatten. Es gab Risse in den Oberflächen, Unterbrechungen, wenn die Räder über Löcher hinwegrollten. Ihr war, als bewegte sie sich nicht vom Fleck. Die Zeit hatte sie eingeholt. Sie las den Namen einer Stadt. Dessau. Dort hatte sie im ersten Semester das Bauhausmuseum besucht.

Zurück im Atelier fragte Michael: „Was gibt es zu essen?" Und als das Telefon läutete, rief er: „Geh bitte ran, ich kann jetzt nicht!"

Irene vernahm die Stimme seiner Freundin und versicherte ihr, dass er zurückrufen werde. Doch Michael reagierte nicht, tat so, als ginge es ihn nichts an.

In der Küche suchte sie nach Lebensmitteln, sah in den Schränken nach, griff nach einer Dose Tomaten,

Spaghetti und Olivenöl. Eigentlich hatte sie einkaufen gehen wollen, als sie spazieren war. Sie hatte es vergessen.

Während sie die Knoblauchzehen schälte, entschloss sie sich, nach dem Essen mit ihrem Bruder zu reden. Sie wollte ihm endlich sagen, wie leid es ihr täte, was damals geschehen war.

Bei Tisch schlangen Michael und Sam die Spaghetti wortlos in sich hinein. Als Irene einmal kurz in die Runde blickte, fand sie, dass es schön war, ein gemeinsames Mahl einzunehmen, auch wenn Michael nicht gerade freundlich dreinblickte.

„Es fehlt Salz", meinte er, stand auf und ging es holen. Auf seinem Rückweg brachte er gleich noch eine Flasche Bier mit. Er hielt sie mit der einen Hand fest, nippte ab und zu daran, während er mit der anderen nach den Nudeln fischte.

Obwohl es schon spät war, wollte Michael noch einmal an die Arbeit. Sam bedankte sich für das einfache, aber schmackhafte Essen, machte aber keine Anstalten heimzugehen. Es bot sich daher keine Gelegenheit, mit Michael zu reden. Enttäuscht räumte Irene den Tisch ab. Dann ging sie in das Hotel hinüber, in dem sie sich ein Zimmer gemietet hatte.

*****

Es war Sonntag. Max erwachte in seiner Kammer im vierten Stock in einem Haus, das schon etwas in die Jahre gekommen war. Er wohnte zur Miete unweit des Marienplatzes, gleich neben der Heiliggeistkirche, deren schlichter, quadratischer Turm nur durch eine schmale Seitengasse von seinem Zimmer entfernt stand. Die Kirchturmglocken hatten früh morgens etwas Betäubendes. Es war ihm schon mehrmals in den Sinn gekommen umzuziehen, doch er hatte seit Beendigung seines Studiums noch keine Zeit gefunden. Außerdem waren die Mietpreise in München wieder gestiegen. Frau Rabe verlangte neun Mark im Monat für das Zimmer. Darüber war er froh, denn im Haus nebenan war die Miete schon bald doppelt so hoch. Er besaß zudem einen Schlüssel für das Etagenklosett und durfte das Becken mit fließendem Wasser auf dem Gang benutzen.

Auf dem Tisch lagen ein Stapel Papier sowie Kohlestifte. Darunter entdeckte Max die Papierkugeln, die seine Hände zerknüllt hatten. Unzählige Figuren hatte er gezeichnet, mit kleinen und wieder großen Flügeln. Meist waren sie ihm zu athletisch oder auch zu träge. Und es gab Tage, da fiel ihm nichts ein.

Er hoffte auf Inspiration, wenn er aus seinem Fenster blickte und auf Zinnen, Giebeln, Dachfiguren und Schornsteinen die Tauben landen und wieder aufflattern sah. Er mochte besonders das ruhige Gemälde aus Ziegeln, Winkeln und Lichtflächen. Es war eine Ordnung, die natürlich gewachsen und aus einer Notwendigkeit heraus entstanden war. Er suchte auch das große Panorama, das er vom Dach aus genoss, um den Kopf frei zu bekommen. Er studierte dann Wolken und Berge, die Farbtöne des Himmels und der Felder, die sich von Monat zu Monat änderten. Manchmal war die Luft so klar, dass er glaubte, die Alpen seien über Nacht gewachsen.

Auf einer silbernen Taschenuhr, die er von seinem Vater zu seinem dreißigsten Geburtstag geschenkt bekommen hatte, las er die Zeit ab. Er war erleichtert, denn er würde es noch rechtzeitig zum Gottesdienst schaffen. Geschwind zog er sich eine saubere Hose und ein frisches Hemd an und darüber eine Sonntagsweste. Um den Hemdkragen band er ein dunkelrotes Seidentuch zu einer Schleife und zupfte sie zurecht. Zum Schluss kam der Lodenmantel. Ein letztes Mal vergewisserte er sich in dem ovalen Schrankspiegel. Er sah ordentlich aus und fand ein optimistisches Gesicht. Am Ende setzte er sich den Velourshut mit der runden Krempe auf.

Unten auf der Straße spähte er kurz in das Schaufenster des Tabakgeschäftes, in dem er gelegentlich eine Schachtel Danilo kaufte. Er hatte noch etwas Zeit und beobachtete Passanten, die zwischen dem Isartor und dem Marienplatz pendelten, sah Reisende, die gerade ankamen und ihre unbequemen Kutschen verließen, in denen sie Stunden, wenn nicht Tage unterwegs gewesen waren. Seine Hauswirtin stand dann im Hauseingang in der Erwartung, dass man ihr das Gepäck brachte und sich einquartierte, für eine Nacht oder länger. Es gab auch eine Eisenbahn, die von München nach Berlin und sogar nach Paris fuhr. Sein Heimatdorf Markt Isen erreichte Max allerdings nur mit der Kutsche.

Am Kirchenportal stellte er sich an. Eine Marktfrau vom Viktualienmarkt grüßte ihn. Er hätte sie fast nicht erkannt, in ihrer stattlichen Sonntagsgarderobe. In manchen Zeiten musste er schon mal anschreiben lassen, bis der Vater ihm einen neuen Geldbrief schickte. Mittlerweile verdiente er sein eigenes Geld, doch war es kommod, wenn man das Vertrauen seiner Mitmenschen genoss. Und nur hier roch München so gut, unweit der Wurstgassen. Die Luft schmeckte nach Geräuchertem und Lebkuchen. Die Aromen vermengten sich mit Malz und gegorener Maische. Nirgendwo sonst gab es so viele Brauereien und Wirtshäuser. Max staunte über die großen Fuhrfässer, die von Ochsen in die Abfüllstationen hinüber in die Aventinstraße gezogen wurden.

Plötzlich knatterte eine Maschinenkutsche direkt an der Kirche vorbei. Es handelte sich um eines dieser neuartigen Automobile. Das Gefährt stotterte über das holprige Pflaster, manchmal tat es einen lauten Knall und hinten heraus kam eine dunkle Wolke verbrannten Motoröls. Nicht nur die Kunst, sondern auch die Industrie machte immer neue Fortschritte, sinnierte Max. München war eine florierende Stadt, deren Einwohnerzahl nun bald auf eine halbe Million angestiegen war.

Auch er war ein Zuwanderer, der sein Glück hier suchte. Er übte sich in Disziplin, besaß den Willen zur Arbeit und einen Kalender, in dem er die vielen Arbeitsschritte notierte, wie lange es dauerte, bis etwas Zeitloses entstanden war. Pünktlich stand er an den sechs Werktagen auf und verließ in aller Frühe das Haus. Er fuhr mit dem Fahrrad am Pfisterbach entlang über den Radlsteg bis zum Isartor und schließlich über die Ludwigsbrücke. Jenseits des Flusses begann eine Welt, wie er sie aus Isen kannte, bäuerlich und arm. Es gab weder Trottoir noch Straßenbahn. Bauernhäuser und Herbergshütten drängten sich, Reste der ehemaligen Dörfer Giesing und Haidhausen.

Ein Mädchen, erinnerte er sich, war auf einem Fahrrad vor ihm gefahren. Seine Zöpfe, sein Gewand und ein dünnes Jäckchen wehten im Fahrtwind. Es hatte so ausgesehen, als würde es vor ihm herfliegen. Fast wäre er vom Fahrrad gestürzt, weil er einen herabgefallenen Ast am Boden übersehen hatte. Er konnte gerade noch ausweichen.

Er trat kräftig in die Pedale den Hang hinauf, bis er Bogenhausen erreichte. Dort erwarteten ihn zehn, manchmal auch zwölf anstrengende Stunden, die er am Denkmal verbrachte. Und wenn er abends erschöpft in seine Kammer zurückkehrte, konnte er die Arbeit in seinem Kopf nicht ruhen lassen. Nur die Geräusche der Straße erlösten ihn manchmal, wenn die Kutschen mit ihren großen Rädern einfuhren und die Pferde wieherten. Dann stellte er sich vor, wie weit sie gelaufen waren und dass er zu gerne einmal nach Italien reisen wollte. Vielleicht, wenn das Friedensdenkmal fertig war.

An diesem Sonntag fiel es ihm schwer, der Predigt des Pfarrers zu folgen. Am Hochaltar studierte er eine goldene Figur, einen Engel mit Wanderstab und in Sandalen, der ihm recht gut gefiel. Im linken Arm hielt er, als wäre es ein Kind, einen großen Fisch. Vielleicht wollte er ihn vor der verschmutzten Isar retten? Doch dann dachte Max, dass dieser Kirchenengel irgendwann aus einer griechischen oder römischen Vorlage entstanden sein musste. Vielleicht könnte er die Nike so gestalten, dass sie wie ein Engel aussah.

Nach der Messe trat er in die wärmende Sonne, die jetzt hoch am Himmel stand. Er hatte vor, zur Theresienwiese zu radeln. Mit vier Sonderzügen war nämlich ein Zirkus mit Elefanten, Kamelen und Pferden in die Stadt gekommen. Diesmal aus Amerika. Doch zuvor wollte er im Bräuhaus eine Stärkung zu sich nehmen. Er freute sich schon auf die Kalbslüngerl. Auch gegen Krautwickerl hätte er nichts einzuwenden.

Die Fenster der Gaststätte waren rund, die Decken gewölbt und in viele Nischen aufgeteilt. Sie erzeugten ein Gefühl von Geborgenheit, zumal Petroleumlicht auf den weißen Putz und die dunkle Holzvertäfelung strahlte. Fuhrknechte, Stadträte, Pfarrer, Gendarmen, Apotheker und Sargmacher saßen beieinander. Ihre Stimmen überschlugen sich. Bier lief aus goldfarbenen Hähnen vom Fass in die Krüge. Kräftige Frauen trugen sie an die Tische. Um ihre Hüften trugen sie Schürzen und lederne Gürtel, die gefüllt mit Biermarken und Münzen waren. Wenn einer die Zeche prellte, was ab und zu vorkam, blieben sie auf ihren Verlusten sitzen, da sie die Biermarken dem Wirt zuvor abkaufen mussten.

Max bestellte ein Weißbier. Als es endlich vor ihm stand, konnte er nicht widerstehen und nahm einen kräftigen Schluck, so dass sich sein Krug bis zur Hälfte lehrte. Das Obergärige schmeckte ihm noch besser als das Helle. Er mochte den Hefegeschmack. Beide Biere waren lange das Privileg des Königs gewesen, verriet der Wirt. Für das Volk gab es das braune Bier. Auch weil die königlichen Kassen leer waren, konnte er in den Besitz des Braupatents gelangen, dachte Max.

Bier wie auch Wein galt als gesundes Nahrungsmittel. Ganze Generationen von Bierbrauern und Wirten in München konnten davon gut leben.

Der Maler Franz Maier und die beiden Bildhauer Franz Bernauer und Josef Eberle setzten sich zu Max. Er kannte sie von der Akademie. Sie kamen regelmäßig zum Stammtisch. Bald steckten sie in einer hitzigen Diskussion über die bayerischen Schlösser, in denen sie bis vor kurzem gearbeitet hatten.

„De san ned fertig worn. Jetza werds imma a Baustön bleim. Schad is drum." Und von König Otto, der sich wegen Geistesschwäche in Schloss Fürstenried in ärztlicher Behandlung befinde, könne man nichts erwarten. Über den Tod König Ludwig II. waren sie sich einig: „Umbracht ham´sn, im Würmsee." Und Max sagte: „Er war doch ein sensibler Mensch gewesen, ein Verehrer der Kunst."

*****

Michael holte sich ein Bier und setzte sich auf die Küchenbank. Seinen Kopf an den Kühlschrank gelehnt, hörte er dessen Kühlung im Inneren surren. Durch die offene Türe sah er den Flügel im Atelier liegen.

„Das muss ganz schön krachen, wenn tonnenschweres Metall auf das Pflaster fällt“, überlegte er, und weshalb er davon nicht aufgewacht war, wo sich doch alles direkt vor seinem Fenster abgespielt hatte. Er konnte nicht sagen, woran es lag, aber er fühlte sich befangen.

„Pah, solche Aufträge erledige ich seit gut zehn Jahren. Morgen werde ich einfach etwas früher aufstehen und nüchtern an die Sache herangehen. Alles halb so schlimm.“

Das erste Mal, als sie wegen des Engels telefonierten, sprach Stürz von einer vertrauensvollen Angelegenheit, die Diskretion verlangte. Er fügte noch hinzu, dass die Restauration des Friedensengels ein Leichtes für ihn wäre, zumal es sich nur um einen Flügel handle. Die Bavaria sei um einiges heikler gewesen, und dass der Arm der Stadtpatronin gerettet werden konnte, sei Michaels Verdienst.

„Ich kann mich doch auf Sie verlassen?“, hörte er Stürz sagen.

Michael kannte ihn nur flüchtig. Der kleine Mann mit der Nickelbrille hatte ihm vor einem Jahr zur Bauabnahme der Bavaria auf die Schulter geklopft.

Schon damals hatte er ein ungutes Gefühl gehabt, vielleicht, weil er ahnte, dass die vorgesehenen Inspektionen an öffentlichen Denkmälern nicht regelmäßig stattfanden und der Beamte diese Tatsache zu überspielen versuchte.

Die Bavaria war damals in einem sehr schlechten Zustand gewesen, erinnerte sich Michael. Erst als man in letzter Sekunde bemerkt hatte, dass da was zu Bruch gehen könnte, rief man ihn hinzu. Hätte man die Kontrollen eingehalten, wäre eine derartige Zersetzung des Materials früher erkannt worden. Die Öffentlichkeit hatte nichts mitbekommen. Alles war noch einmal gut gegangen.

Und nun war der Flügel des Friedensengels abgebrochen, und Michael hatte den Auftrag für die Restauration erhalten. Binnen vierundzwanzig Stunden hatten sie ihm den drei Meter großen Flügel geliefert und in seine Werkstatt verfrachtet. Bruchstücke sowie kleinste Splitter wurden ihm in einem mit Schaumstoff ausgelegten Koffer überreicht, als handle es sich um Juwelen. Das Gold war echt, wenn auch nur hauchdünn. Verwittertes Metall kam darunter zum Vorschein, als wäre es Muskelgewebe, das ohne Haut etwas Krankes und Unansehnliches hatte.

Er hatte einen ganzen Tag gebraucht, um den Flügel zu untersuchen. Kaputte Körperteile irritierten ihn. Die Unterlagen, die ihm das Baureferat zur Verfügung gestellt hatte, waren schnell durchgeblättert. Es ging um Material, Abmessungen und auch um Krankheiten, die der Engel schon durchgemacht hatte. Auch den Artikel über den Münchner Friedensengel hatte er gelesen: „Engel in der Silvesternacht angeschossen. Der linke Flügel ist abgebrochen. Die Polizei fahndet nach einem Unbekannten, der mit scharfer Munition herumgeballert hat. Der Friedensengel gilt als beliebter Treffpunkt. In der Silvesternacht versammeln sich Tausende, um Neujahr zu feiern. In den letzten Jahren wurden die Polizeieinsätze verdoppelt. Man will die Kontrollen das nächste Jahr verstärken."

Jemand wollte absichtlich vom Thema ablenken, dachte Michael. Erschöpft sammelte er die leeren Bierflaschen ein und stellte sie zurück in den Träger. Seine Augen juckten. Er rieb sie. Zu lange hatte er auf das Gold gestarrt, den ganzen Tag, bis er am Ende alles verschwommen sah. Als er nach oben in seine Kammer wollte, dachte er plötzlich an das Haus in Isen, in dem er aufgewachsen war. Er wusste, sein Kinderzimmer gab es noch. Er war ewig nicht dort gewesen.

„Nichts als Staub und Tränen", tat er seine Kindheit ab und ließ sich auf sein Bett fallen. Das Licht der Straße blendete ihn trotz seiner geschlossenen Lider.

Er träumte, er sähe einen Schatten und am Fenster den Umriss eines Mannes, in dessen Gesicht ein Monokel klemmte. Er trug einen altmodischen Lodenmantel und einen runden Filzhut mit einer schmalen Krempe. Mit dem Zeigefinger deutete er auf das Fenster. Er schien den Engel zu meinen, der leuchtete, als habe man ihn mit Phosphor übergossen.

Schließlich nahm Michael seinen ganzen Mut zusammen und schrie: „Hallo, wie sind Sie hier reingekommen?" Er bekam keine Antwort. Nachdem er sich einmal umgedreht hatte, war er aufgewacht und die Gestalt verschwunden.

„Vielleicht war es dieser Stürz?", rätselte Michael. Jetzt konnte er nicht mehr einschlafen. Er stand auf, um das Fenster zu schließen und blieb an der gleichen Stelle stehen wie der Mann in seinem Traum. Es dämmerte bereits und Michael beobachtete die aufgehende Sonne. Sie berührte mit ihren noch schwachen Strahlen den Engel.

Nach einem kräftig gezuckerten Kaffee räumte er sein Zimmer auf. An diesem Tag war ihm daran gelegen, alles in Ordnung zu bringen, in der Hoffnung, dass er dann keinen Besuch bekam. Er reinigte sogar den Boden. Beim Aufräumen entdeckte er das

Buch, das ihm Stürz zusammen mit den Unterlagen zum Friedensengel geschickt hatte. Bisher war er noch nicht dazugekommen, einen Blick hinein zu werfen.

Auf dem dunkelroten Einband stand kein Titel. Neugierig löste er den Lederriemen, der die Seiten zusammenhielt. Sie waren handgeschrieben.

1. September 1897

Lieber Vater,

oft beobachtete ich Euch, wie Ihr in Euren Büchern studiertet. Es freut mich, dass Ihr die Kunst liebt wie ich. Wem sollte ich heute schreiben, wenn dem nicht so wäre.

Wir sind mit dem Friedensdenkmal schon weit gekommen. Die Plattform, die Tempelhalle und die Säule sind fertig. Die Ecksäulen der Halle verzieren wir noch mit Reliefmedaillons. Wir stellen hohe Persönlichkeiten und die Heldentaten des Herakles dar. Hinzu kommen zweiunddreißig Löwenköpfe. Momentan arbeiten wir an acht Karyatiden, von denen jede über zwei Meter hoch ist. Wir hauen sie aus Kalksteinblöcken, die uns aus Kehlheim geliefert wurden. Sie sind die Trägerfiguren des acht Quadratmeter großen Tempels. Symbolisch tragen sie die Jahreszeiten auf ihren Häuptern oder auch all die Zeiten, die da noch kommen mögen. Entsprechend müssen die Gesichter zu unterscheiden sein. Georg meinte, auch die Frisuren sollten wir nicht alle gleich machen.

Professor Syrius Eberle betreut unsere Arbeit. Bei technischen und plastischen Fragen können wir ihn und auch den Archäologen Bühlmann jederzeit konsultieren. Ich war in Eberles Bildhauerklasse und bewundere diesen Mann sehr. Bei ihm habe ich begriffen, was die Bildhauerei bedeutet. Jetzt schenkt er uns seine Gunst und zeigt viel Vertrauen in unser Können.

Das Wichtigste ist die Plastik auf der Säule. Wir überlegen ständig, wie sie einmal stehen soll. Sie wird an die sechs Meter groß werden, und daher ist es nicht so leicht, sie auszurichten. Als Vorlage dient uns die Nike von Neapel. Es handelt sich dabei um eine gerade mal dreißig Zentimeter große Bronzefigur, eine römische Nachbildung. Man hatte sie in Pompeji gefunden. Dieses Figürchen in mehr als zehnfacher Größe nachzubilden, ist nochmals eine ganz andere Sache. Die Scherben der Nike von Samothrake oder die der kürzlich ausgegrabenen Nike des Paionios konnten wir nur anhand von Bildmaterial in unsere Überlegungen einbeziehen.

Die wesentlichen Merkmale einer Nike sind die Flügel. Sie werden so dargestellt, als könnte man mit ihnen tatsächlich fliegen. Das Gewand ist vom Wind aufge-

bauscht. Der linke Fuß steht auf einer symbolischen Erdkugel. Und immer ist es der rechte Arm, der nach vorne reicht, in der Hand einen Palmzweig oder einen Lorbeerkranz.

Es soll auch Niken geben, die Waffen tragen. Sie sind in der griechischen Mythologie Siegesverkünderinnen und Götterboten des Zeus oder der Athena. In römischer Zeit nannte man sie Victoria. Sie tauchte immer dann auf, wenn Schlachten gewonnen waren und die Helden, ob tot oder lebendig, geehrt werden sollten. In Berlin steht sie auf einer Säule. Und auch in der Quadriga ist sie auf einem Vierspänner, auf dem Dach des Brandenburger Tors dargestellt. Napoleon Bonaparte hatte sie erbeutet, abmontieren lassen und nach Paris verschleppt. Bei dem Aufwand muss sie ihm wohl sehr wichtig gewesen sein. Erst fünfundsechzig Jahre später wurde sie wieder zurückerobert, mit dem Eisernen Kreuz und dem Preußischen Adler versehen.

Eine völlig andere Figur ist Eirene, die Friedensgöttin, mit der ich mich sehr intensiv beschäftigt habe. Wie Ihr wisst, habe ich ihr auf dem Dach unseres Isener Rathauses einen Platz verschafft.

Tatsächlich haben wir in München schon eine Nike. Sie befindet sich auf dem Dach des Maximilianeums. Und als hätte eine Zinnsoldatin nicht gereicht, wurden dort vierzehn Viktorien aufgestellt. Max Ritter von Widmann hatte sie vor einem Jahr geschaffen, kurz bevor er hochbetagt verstorben war. Daher wäre es gut, wenn wir unsere Nike wie einen Engel aussehen lassen würden.

Jeder Tag ist eine Herausforderung an den Verstand. Manchmal gibt es Situationen, da könnte man verrückt werden.

Ich benötige Euren Beistand.
Euer Max

*****

Die Luft war milder geworden, und fast glaubte Irene, der Frühling habe begonnen. Sie fühlte sich das erste Mal nicht mehr so bedrückt. In dieser neuen Umgebung war sie eine andere, eine, die in München Urlaub machte. Sie ging über einen Platz mit grün bemalten Marktbuden. Die blattlosen Kastanienbäume gaben die Sicht frei auf bunte Stadthäuser. Sie sah Menschen in der Sonne sitzen, in ihre dicken Winterjacken gepackt.

Sie entdeckte eine Boutique und ging hinein. Pullover, Hosen und Röcke waren nach Farben sortiert. Sie befühlte die Stoffe und hielt sie sich an ihren Körper. Doch da war diese Musik. Wish you were here. Leise schwebte sie im Raum. Irene kannte den Song. Stephan besaß alle Alben von Pink Floyd. Sie erinnerte sich an die Zeit, als sie sich kennenlernten. Er hielt einen Vortrag über die Berliner Baugeschichte. Ihr gefiel, wenn er seinen gestrickten Pullover zu einer grau gewordenen Jeans mit breitem Hosenschlag trug. Er kam aus einer Welt, die sie neugierig machte, und sie beobachtete ihn von ihrem Platz im großen Hörsaal aus.

In seiner Stimme glaubte sie Protest zu hören, der sich in seinen Gesten fortsetzte. Er provozierte seine Zuhörer, warf Fragen auf. Er wollte, dass man sich mit der jüngsten Geschichte auseinandersetzte. In seinen Formulierungen lagen Ehrgeiz und Enttäuschung zugleich. Und einmal glitt seine Stimme weg. Er setzte sich auf den Stuhl, der neben dem Projektor stand, führte seine linke Hand an seine Schläfe. Es dauerte nur Sekunden, aber Irene kam es unheimlich lang vor. Sie dachte, er wisse nicht weiter. Doch er stand auf, als habe er sich an etwas erinnert, und setzte seinen Unterricht fort.

Mit gemischten Gefühlen hatte sie draußen vor der Uni auf ihn gewartet. Sie trug ein Sommerkleid, das ihr die Großmutter genäht hatte. Es entsprach nicht mehr der Zeit. Die Farbe war ausgeblichen. Trotzdem konnte sie sich davon nicht trennen. Den Stoff hatte sie bordeauxrot eingefärbt. Etwas umständlich sagte sie, dass sie ihn nicht ganz verstanden habe, und ob er ihr möglicherweise die Situation in der damaligen DDR noch einmal erklären könnte. Sie habe Zeit, und ob sie ihn ein Stück begleiten dürfe.

Es kam vor, dass sich Studentinnen einen Spaß mit ihm erlaubten, neugierig waren oder aus einer Laune heraus verliebten. Er hatte nichts dagegen. Sie waren erwachsen, machten Erfahrungen, orientierten sich.

Irene und Stephan waren durch die halbe Stadt gelaufen. Wenn er sagte, er liebe die Moderne, dann klang es für Irene so, als spreche er von der Liebe. Sein

Vorbild war natürlich Bauhaus, die Dezentralisierung, lichtdurchflutete Wohnungen, von Grün umgeben.

„All das hätte entstehen können. Man wollte tatsächlich eine Gartenstadt", erklärte er ihr. „Und kennst du die zwei Laubenganghäuser an der Karl-Marx-Allee? Sie existieren noch. Komm, lass uns da hingehen." Er gestand: „Ich halte mich an diesen alten Ideen gerne fest. Leider gab man die Avantgarde auf, bevorzugte den sowjetischen Zuckerbäckerstil. Aus heutiger Sicht mag dieser Baustil wieder ganz attraktiv erscheinen, doch damals hatte die DDR ihre Glaubwürdigkeit verloren. Der Kleingeist machte sich breit und verdrängte den Rest."

„Es braucht eben Architekten, die ein Gewissen haben", meinte Irene und sah ihm dabei fest in die Augen.

Alles schien ihm plötzlich groß und weit. Da war so viel Freiheit. Glückswellen rauschten durch die Luft, zwischen ihm und ihr. Hand in Hand schwebte er mit ihr durch die Straßen und durch alle Wände. Sie schienen zu jedem Gebäude Zutritt zu haben. Überrascht vom plötzlichen Gefühl der Leidenschaft, küsste er sie. Manchmal, wenn sie die Augen schloss und in diese Zeit zurückfiel, konnte sie diesen Kuss noch auf ihren Lippen fühlen.

„Wish you were here", sang sie leise mit, bis das Lied zuende war.

Die Verkäuferin deutete freundlich auf die Umkleidekabine. Schon war Irene darin verschwunden und probierte das rote Kleid. Auf das Preisschild achtete sie nicht. Sie wollte es ohnehin nicht kaufen, da sie auf ihr Geld achten musste. Doch sie erschrak über ihr blasses Gesicht im Spiegel und musterte ihre Augen kritisch. Sie konnte nichts darin erkennen.

Als Kind hatte sie oft versucht, sich selbst anzublicken. Weiße Augäpfel und die blaugrünen Inseln darin, in denen sich seltsame, schwarze Punkte befanden. Wenn sie in ihre Pupillen sah, dann hatte sie das Gefühl, durch ein Schlüsselloch zu spähen.

„Irgendwann wird es dir gelingen", sagte Stephan. „Architektur steckt in jedem Menschen. Ich glaube, dass es diesen magischen Innenraum gibt. Dort liegt deine Vorstellungskraft. Wie du sie in dir vorfindest, wirst du sie nach außen geben können. Aber dieser Schaffensakt ist nicht leicht. Die Umwandlung des Inneren in etwas Äußeres bedeutet Verantwortung. Gebäude benötigen neben einer Ästhetik stabile Trage- und Haltekräfte. Und alles hat Eigenfrequenzen, eine Seele und spricht eine eigene Sprache."

Sie verließ das Geschäft und ging ein Stück weiter bergab. Als sie die Brücke erreicht hatte, türmte sich ein jugendstilartiges Bauwerk vor ihr auf. Sie las auf dem Giebelfeld Müllersches Volksbad. Es stand direkt am Isar-Ufer und wirkte wie ein Märchenschloss.

Jenseits der Brücke, auf eine Flussinsel gebaut, stand ein neoklassizistischer Bau. Die Architektur strahlte etwas Bedrohliches aus. Bronzene Adler saßen auf den vier Ecken des Flachdaches, als wollten sie einem Fußgänger auflauern und im nächsten Moment nach der Beute greifen.

Sie erinnerte sich an einen Museumsbesuch in Berlin. Es war genau vor einem Jahr. Lange hatte er die Bauentwicklung akribisch verfolgt. Die im Zweiten Weltkrieg zerstörte Kulturinsel war restauriert worden. Im Gegensatz zur öffentlichen Kritik gegen das Wiederaufbaukonzept hatte Stephan das neue Museum für gelungen befunden, gerade weil nicht alles originalgetreu wiedergegeben, sondern die Moderne integriert worden war. Ihn faszinierte der Verfall, Jahrhunderte, die nicht vollständig wegretuschiert wurden. Begeistert von den Nahtstellen der Zeit sagte er:

„Die Gegenwart ist doch eine ständige Versöhnung mit der Vergangenheit."

Sie hatten gemeinsam den Saal der Antike durchquert. An einem Schaukasten waren sie stehen geblieben und betrachteten die Büste der Nofretete. Sie war gut erhalten, die Jahrtausende, die seit ihrer Entstehung vergangen waren, unsichtbar. Vielleicht gab es keine Vergangenheit, dachte Irene, und die Zeit war nur ein Hilfsmittel.

„Die Ägypter bauten Mastabas", hörte sie Stephan sagen, „Häuser für die Ewigkeit. Sie glaubten an ein Leben ohne Veränderung und Zeit."

Sie wurde aus ihren Erinnerungen gerissen, als sie an einem Zeitungsstand die Schlagzeile las. Das Krankenhaus, das Stephan entworfen hatte, war eröffnet worden. Es war nicht weit weg, und sie überlegte, ob sie ihn besuchen sollte.

*****

Stephan schaltete den Computer an. Er hatte Projekte in Berlin. Sie waren fertig, doch manchmal folgten Änderungswünsche, Erweiterungen, die bearbeitet werden mussten. Die Zahlungsfristen wollte er ebenso im Auge behalten. Er stand mit einem Architekturbüro in Verbindung, das ihn vertrat. Doch es waren keine Nachrichten von Bedeutung bei ihm eingegangen, und so ließ er sich von Puma auf die Baustelle fahren.

An diesem Tag wollte er mit seinen Arbeitern sprechen. Das Gelände musste gesichert und der Bauzaun korrekt aufgestellt werden, so dass Unbefugte nicht einfach aufs Grundstück gelangten. Aber er wusste zu gut, dass es überall Schlupflöcher gab und der Zaun eigentlich kein Schutz, sondern eine Illusion war. Der regelmäßige Umgang mit den Männern, auch wenn die Gespräche meist sehr einseitig waren, hatte sich bewährt. Stephan hoffte, dass sie sofort zu ihm kamen und ihn informierten, wenn es Probleme gab.

Mit Matze machte er seine Rundgänge. Er schien ihn irgendwie zu mögen, womöglich, weil auch er Berliner war. Er war groß und stark und einmal begleitete Stephan den Riesen nach Dienstschluss bis zu dessen Container, um von seiner Bohnensuppe zu kosten.

Der Arbeiter nahm seinen gelben Schutzhelm ab und bat Stephan einzutreten. Da war nicht viel, was man einen Haushalt nennen konnte. Einen Schrank gab es nicht. Dosen schmückten das Fensterbrett. Ein großer Aschenbecher und Tabakutensilien dekorierten den Tisch. Das Bett war gleichzeitig Sitzplatz. Mit einer kräftigen Handbewegung harkte Matze den Dosenöffner fest und schnitt das Blech auf. Ein noch vom Vortag benutzter Topf war schnell mit Wasser aus dem Kanister ausgespült. Schon quollen Bohnen mit scharfer Tomatensauce hinein. Der Gasbrenner zündete und Essensgeruch verbreitete sich in der winzigen Behausung, die schlecht isoliert war und in der noch die Hitze vom Tag dampfte.

Matze drückte Stephan einen bis an den Rand gefüllten Teller in die Hand, brach das Brot, teilte es und empfahl, doch an die frische Luft zu gehen. Draußen standen zwei umgedrehte Bierkisten. Sie setzten sich darauf und löffelten die Bohnen in sich hinein. Anschließend ging Matze Bier aus dem Kühlschrank holen. Er reichte seinem Gast eine Flasche und meinte: „Dat is immer noch dat Schönste am Abend."

Die Flaschen leerten sich. Matze meinte, er vertrage die Bohnen nicht mehr so gut wie früher. Dann erfuhr Stephan, auf welchen Baustellen er schon gearbeitet hatte. Am Ende gestand er, dass er sein Mädchen vermisse.

Stephan dachte an Irene: Wie es ihr wohl ging? Sie könnte in dem Berliner Appartement wohnen bleiben. Er würde es ihr überlassen. Vielleicht sollte er ihr einen Brief schreiben. Zuletzt hatte er sie angeschrien. Sie wollte nicht verstehen, dass er kein Heiliger war. Sie sah nur den braven Architekten. Von seiner Vergangenheit wollte sie nichts wissen. Und wenn er ihr doch etwas erzählte, dann versuchte sie alles zu korrigieren. Er hasste es, wenn sie sich verständnisvoll gab. Es war doch gut, dass er weit weg von Berlin und seinem bisherigen Leben war. Er musste eine Zeit lang allein sein und über alles nochmals gründlich nachdenken. Zu lange hatte er es sich leicht gemacht. Ihm war, als habe er das Leben eines anderen gelebt. Hier, in Grünfeld, in diesem Niemandsland, fand er sich irgendwie ehrlicher.

„Ach Chef, ick wollt noch sagen, dat März hier war."

„Was wollte der denn?"

„Der brachte die Neuen."

„Neue Arbeiter?"

Tags darauf wachte Stephan mit schlimmen Kopfschmerzen auf. Vorsichtig schluckte er den heißen Kaffee. Etwas wackelig kam er auf die Beine. Am liebsten wäre er zu Hause geblieben. Er ärgerte sich über Richard, der ihn nicht über die neuen Arbeiter informiert hatte. Er musste endlich mit ihm reden.

„Ich habe keine Zeit", meinte er kühl, als Stephan ihn telefonisch um einen Termin bat.

Im Westtrakt standen die Betonwände an ihrem Platz, als er das Gelände inspizierte. Das Glas sollte an diesem Tag eingesetzt werden. Wenn der Kran es hinaufbewegte, dann brauchte es viele Hände, die es an die vorgesehene Stelle brachten. Der Vorarbeiter meinte, er habe die Neuen, darunter Syrer und Iraker, schon eingeteilt.

Als Stephan vor den Männern stand, sah er, wie sie ihren Blick auf den Boden richteten. Sie trauten sich nicht, ihm in die Augen zu schauen. Manche waren noch sehr jung, vielleicht gerade volljährig geworden. Hatten sie Angst vor ihm? Oder dachten sie an den Krieg, aus dem sie geflohen waren? Er begrüßte sie mit freundlicher Stimme. Sie gaben keinen Laut von sich.

Kurz nahm er Ali, seinen Vorarbeiter, beiseite und meinte: „Wir sollten ihnen Zeit zum Eingewöhnen geben. Also macht keinen Druck bei denen. Wer weiß, was die alles hinter sich haben.“

*****

Irene überquerte die Straße am Gasteig. Der moderne Backsteinbau sah aus wie ein roter Felsen. Er überragte die umliegende Bebauung. Und doch harmonierte er mit dem Fluss, der Brücke, dem Straßenverlauf und den verschiedenen Baustilen in nächster Nachbarschaft. Es war ein gewagtes Monument, das da in der Sonne glühte. Im Inneren gab es eine Bibliothek, Vortragsräume und einen großen Konzertsaal mit einer aufwendigen Holzverkleidung.

Man fühle sich wie in einem Schiffsbauch, hatte ihr Professor gesagt. Die Akustik in der Philharmonie wurde bemängelt und lange diskutiert. Es lag an der Größe und Höhe des Raumes, der wie ein Fächer aufgebaut war. Nicht nur der Klang ginge verloren, auch der optische und emotionale Kontakt zum Orchester. Die optimale Architektur für einen Klangraum sei das klassische Schuhschachtel-Prinzip.

Sie überquerte die Brücke. Die Straße führte sie wieder den Berg hinauf. Sie bog rechts in die Hochstraße ab. Manchmal erhaschte sie einen Blick über die Stadt. Unter ihr sprudelte der Mühlbach, parallel zur Isar. Sie hatte den Stadtteil Giesing erreicht. Hier wurden die Häuser kleiner und die Straßen enger. Bis zum Giesinger Berg war sie gekommen. Eine neugotische Kirche ragte vor ihr auf, die ihren Schatten über sie warf.

Im Eingang der Kirche las sie über die Schäden in der Raumschale, verursacht durch Putzschwämme, Risse, Salzablagerungen, Vogelkot und Durchfeuchtung. Man bat um Spenden. Sie warf fünfzig Cent in den Opferstock und zündete eine Kerze an. Weiter hinein in den Kirchenraum kam sie nicht. Der Zutritt zum Chor war nicht möglich. Ein Gestänge stützte das hohe Gewölbe. Es wurde restauriert. Sie fand auch eine Tafel mit Fotografien aus dem letzten Weltkrieg, die eine ausgebrannte Kirche zeigten und den Wiederaufbau dokumentierten. Als sie das verkohlte Kreuz in einer Ecke entdeckte hatte, dachte sie an die Kirchgänge mit ihren Eltern und später ihrer Großmutter. Das Beten hatte ihr nicht geholfen.

Draußen war es mittlerweile Nacht geworden. Sie suchte nach dem Weg, der sie zu ihrem Hotel führte.

Einmal war sie irgendwo abgebogen, doch sie erinnerte sich nicht mehr, wo genau. Dann erkannte sie Sam im Laternenlicht.

„Hallo, was machst du denn hier?"

„Ich wohne hier. Und du warst spazieren?"

„Ja, aber jetzt wird es Zeit für mich. Vielleicht kannst du mir sagen, wie ich zum Atelier komme?"

Er beschrieb ihr den Weg und schlug ihr vor:

„Wir könnten eine Kleinigkeit essen, falls du Hunger hast."

Sie willigte ein und folgte ihm in ein Lokal ganz in der Nähe. Ein Tisch in der Ecke war frei. Sie studierten die Karte und wählten Braten und Bier.

Irene blickte an Sam vorbei auf die verrauchten, holzgetäfelten Wände. Sie sah sich die alten Gemälde mit Berglandschaften an. Dazwischen hingen kleine Geweihe, die wohl von Gämsen stammten. An einer Wand entdeckte sie ein gemaltes Bauernhaus. Es erinnerte sie an Isen.

„Wieso hast du Architektur studiert, wenn du doch nichts damit anfangen willst? Würde es dich denn nicht reizen, ein eigenes Haus zu bauen?"

„Ich glaube, ich kann so etwas nicht, aber vorgestellt habe ich es mir schon oft", antwortete sie und griff nach den Bierdeckeln. Sie hielt sie wie Karten und legte eine nach der anderen vor sich ab, als würde darin eine verborgene Antwort auf sie warten.

Sam berührte ihren kleinen Finger, als er die Karten an sich nahm.

„Da haben wir es doch. Hier steht, Sie haben eine grandiose Zukunft vor sich. Und Sie werden eines Tages erreichen, was Sie sich immer gewünscht haben“, sagte er zu Irene.

Dann hob er eine weitere Karte auf und meinte: „Ui, was sehe ich da? Es scheint einen Menschen in deinem Leben zu geben, der sich sehr für dich interessiert.“

„Und wer soll das sein?“, fragte Irene neugierig.

„Tja, das verrät das Bierdeckel-Tarot nicht.“

Er nahm einen letzten Schluck, zahlte und wollte sie nach Hause bringen. Aber als sie ins Freie traten, fragte er, ob sie nicht bei ihm übernachten wolle, er wohne nicht weit von hier.

Er konnte es kaum glauben, dass sie ja sagte. Er wollte auf dem Sofa schlafen, war zufrieden, auch wenn jeder sein Zimmer hatte und es einen Abstand zwischen ihnen gab. Die Tür war jedoch aufgeblieben. Als die Lichter erloschen waren, begann er von seiner Mutter zu erzählen:

„Sie arbeitete viel. Deshalb musste ich wohl ins Heim. Ich wollte irgendwann nicht mehr, dass sie mich besuchen kam. So brach der Kontakt ab.“

Als er hörte, wie ihm Irene riet, seine Mutter doch einmal zu besuchen, zog er sich die Bettdecke über den Kopf. Er sah dieses Gesicht, diesen besorgten Blick. Krampfhaft versuchte er, an etwas anderes zu denken. Es gelang ihm nicht, seine Mutter loszuwerden, vielleicht, weil sie jetzt Irenes Stimme hatte. Aber gegen ihre Liebe hätte er nichts. Wenn er jedoch an seine Mutter dachte, fühlte er sich von der falschen Frau geliebt.

Sam lag wach, wälzte sich noch hin und her, als Irene längst eingeschlafen war und nicht mehr antwortete. Er dachte an ihren warmen Körper, wie er sich mit jedem Atemzug sanft bewegte.

Sie fand es schön, wie er sie umarmte, streichelte, dann ganz vorsichtig auf die Wange küsste. Sein Gesicht konnte sie nicht sehen. Sie dachte an Stephan. Sie brauchte seine Wärme.

*****

Freitags arbeitete Sophie im Seehaus als Kellnerin. Irene entdeckte sie auf einer der Bänke am Teich inmitten des weitläufigen Parks. Sophie machte gerade eine Pause und rauchte eine Zigarette.

„Hallo, darf ich mich dazusetzen?“, fragte Irene.

„Klar, hab nichts dagegen. Du bist Michaels Schwester? Danke nochmals, dass du versucht hast, mit ihm zu reden.“

„Ich hab es leider bis jetzt nicht geschafft“, gab Irene zu.

„Dann geht es dir wie mir.“

Sophie bot ihr an, mit dem Boot über den See zu fahren. Irene wollte ihr den Wunsch nicht abschlagen, und die beiden Frauen gingen zum Steg und stiegen in eines der Boote. Sophie ruderte. Sie trieben hinüber zu der kleinen Insel, legten aber nicht an, umkreisten nur das winzige Eiland.

„War dein Bruder eigentlich schon immer so?“

„Ich habe ihn ewig nicht gesehen.“

Dann erzählte Sophie, wie sie ihn kennengelernt hatte: „Alles begann an diesem See. Er starrte ins Wasser und bemerkte mich nicht, obwohl wir uns eine Bank teilten. Ich gab ihm von meinen Brotkrumen, damit er die Enten füttern konnte. – Ich weiß, man soll sie nicht füttern. Aber im Winter tun mir die Tiere einfach leid. Michael warf die Brösel ins Wasser. Schwäne und Enten schnappten danach. Er tat es, ohne zu fragen, wer ich war.

Er kam immer freitags und sah mir zu, wie ich abrechnete, die Tabletts mit dem Geschirr davontrug und mich anschließend zu ihm setzte. Er war von Anfang an nicht sehr gesprächig. Er prahlte nicht herum. Ich fand das cool. Aber irgendwann hoffte ich, dass sich etwas änderte, dass wir vielleicht vertrauter würden, er sich für mich interessierte. Er fragte aber nach nichts. Kannst du dir das vorstellen? Und ich legte ihm wieder das zerrupfte Brot in die Hand und er warf es, als die Enten herangepaddelt kamen.

Als der Sommer schon vorüber war, nahm er doch endlich meine Hand. Wir liefen durch den Englischen Garten, die Baumalleen entlang. Die Blätter leuchteten. Aber er sah sie nicht. Dann ließ er mich wieder los, als wäre nichts geschehen.

Irgendwann standen wir auf einer Anhöhe. Im Hintergrund sahen wir die Stadt. Der Wind war stärker geworden. Ich sagte, mir sei kalt. Da zog er seine Jacke aus und legte sie um mich. Ich fing an zu heulen, doch er verstand mich nicht."

Sophie ruderte zum Steg zurück. Sie wollte noch etwas sagen, zögerte, sah Irene an, ob sie noch zuhörte.

„In seinen Augen waren es Vorwürfe. Daraufhin kam er nicht mehr. Aus diesem Grund war ich neulich bei ihm. Hoffte, er würde mir die Tür öffnen. Er sprach von Klingelterror und sein Frieden sei ihm jetzt wichtiger. Dann schickte er mich weg."

Am Steg angekommen, sprang Sophie auf die Anlegestelle und machte das Boot fest. Irene konnte ihre Verzweiflung verstehen. Es war seltsam, wie ihr Bruder sich benahm. Er benutzte sie. Oder rächte er sich womöglich für etwas?

„Es liegt nicht an dir, Sophie. Mein Bruder hat kein Vertrauen mehr, zu niemandem. Am wenigsten zu mir.

Großmutter und ich schwiegen damals auf eine grausame Weise. So lange es eben ging. An dem Tag, an dem unsere Eltern mit dem Flugzeug landen sollten, zeigte ich Michael, wie man Engel in den Schnee malt. Du legst dich hin und ruderst mit den Armen."

„Ja, das kenn ich", sagte Sophie. „Schneeengel hab ich auch schon gemacht. Du musst dabei die Augen schließen und fest daran glauben, dass du mit den anderen Engeln fliegst."

„Sophie, ich habe ihm damals nicht die Wahrheit gesagt, als er mich nach den Eltern fragte. Ich sagte ihm, Vater und Mutter seien in dem anderen Land geblieben, wo es ganz arme Kinder gäbe, denen sie helfen wollten, und dass wir ja Oma hätten. – Und eines Tages hörte er auf darüber nachzudenken, eine ganze Kindheit lang. Doch als er älter geworden war, fingen die Fragen wieder an. Ich musste ihm sagen, dass das Flugzeug abgestürzt war. Mir war nur damals nicht klar gewesen, wie sehr ich ihn mit meiner Lüge verletzte."

*****

Die Villa Düll war hell erleuchtet. Die Dienstboten nahmen pflichtbewusst den angekommenen Gästen die Mäntel ab. Im Foyer wurde Fruchtschorle gereicht. Aus einem Phonographen sprudelten leise Arien von Puccinis jüngster Oper La Bohème. Heinrich feierte seinen zweiunddreißigsten Geburtstag. Auch Max war eingeladen. Er hatte sich einen Frack angezogen und fühlte sich darin etwas unwohl.

Einige Gäste waren maskiert. Er folgte ihnen in einen kleineren Raum. Dort wurden historische Gewänder und venezianische Masken ausgegeben. Belustigt sah er, wie sich die Damen um die schönsten Gewänder zankten, die vermutlich aus einem Theaterfundus stammten. Sobald sie etwas Passendes gefunden hatten, verschwanden sie in den Umkleidekabinen.

„Wollen Sie vielleicht einmal das Kostüm des römischen Kaisers Augustus anprobieren?“, fragte man ihn. Aber Max blieb bei seinem Frack, der, wie er fand, Verkleidung genug war.

Nach einem lauten Gong nahmen die Gäste allmählich an dem festlich gedeckten Tisch im großen Saal Platz. Ein siebenarmiger Kandelaber sowie teures Porzellan, Kristallglas und Tafelsilber strahlten feierlich im Kerzenschein. Kellner servierten alsbald den ersten Gang. Fanny, die Hauswirtschafterin, hatte das Kommando übernommen. Sie war an diesem Abend wie ein General. Heinrich amüsierte sich über ihren strengen Ton, der, wie er wusste, Tarnung war. Er erzählte seinen Gästen, wie sie eines Tages dem Prinzregenten Luitpold die Tür hatte öffnen müssen.

„Seine Majestät interessiert sich für Kunstobjekte, wie ihr wisst. Er lässt sich von seinem Kutscher manchmal in die Münchner Ateliers fahren. Anmelden muss er sich nicht. Daher klingelte es eines Tages und Fanny stand plötzlich vor dem Prinzregenten Luitpold. Sie ließ sich nicht einschüchtern und führte die Majestät in das Atelier meines Vaters. Und Fanny, die sich ganz alleine im Haus glaubte, wusste geschickt über alle Objekte im Atelier Auskunft zu geben."

Max fand auf einem Kärtchen neben der Dessertgabel seinen Namen. Er wollte sich schon setzen, als er eine junge Dame bemerkte, die ebenfalls ihren Platz zu suchen schien.

„Ach, da sitze ich", hörte er sie erleichtert sagen.

Er meinte, er habe auch etwas gebraucht, bis er wusste, wohin er gehöre, und stellte sich ihr vor.

„Dann sind Sie also ein Kollege von Heinrich?"

Sein Nicken glich einer Verbeugung. Sie schien sich über seine Bekanntschaft zu freuen und erwiderte:

„Ich bin Helene, eine Freundin von Pauline, der Verlobten von Heinrich."

„Werden Sie zur Hochzeit gehen?", fragte Max, um das Gespräch in Gang zu halten. Ihm fiel seine Rolle als Unterhalter nicht leicht. Bisher hatte er so gut wie keine Gelegenheit gehabt, dies zu üben. Helene hielt einen Fächer mit filigranen Schnitzereien in der Hand. Sicher ein kostbares Stück. Ob es aus China stammte? Die Farbe des Stoffes war purpurrot, gleich ihres Seidenrocks, der mit senkrecht abfallenden Schriftzeichen bedruckt war. Er wurde mit einem Tuch festgehalten und betonte ihre schmale Taille. Dazu trug sie eine kimonoartige goldene Bluse, mit weit ausgestellten Ärmeln. Ihr Dekolleté schien aus Alabaster, auf dem ein Schmuckstück gebettet lag, ein in Gold gefasster hellgrüner Smaragd. Helenes Anblick verwirrte Max. Er konnte ihr kaum in ihre Augen schauen, die im flackernden Kerzenlicht ihre wahre Farbe nicht preisgaben.

Er wollte ihr zeigen, dass ein Bildhauer durchaus auch ein Gentleman sein konnte, doch fehlte ihm die Finesse. Sein Charme war eher schüchterner Natur, zumal er sich von ihrer Schönheit außer Gefecht gesetzt wusste. Als sie sich nach der Arbeit am Friedensdenkmal erkundigte, wollte er nur mehr dem Klang ihrer Stimme folgen, die sanft und keine Spur kindlich klang, obwohl Helene sicher nicht älter als zwanzig Jahre alt war. Die meisten ihrer Fragen konnte er schnell beantworten, daher entstanden immer wieder Pausen. Und als sie erzählte, dass sie auch Bücher las, wagte er noch einmal in ihre Augen zu blicken. Er wusste überhaupt nicht, wie ihm geschah, als sie ihn fragte:

„Haben Sie die Memoiren von Chevalier de Seingalt gelesen? Eigentlich heißt er ja Giacomo Casanova. Ich fand das Buch sehr spannend."

Max glühten die Ohren und er versuchte, seine Fliege zu lockern, die ihm zu eng geworden war. Schließlich entschuldigte er sich: „Leider komme ich derzeit nicht oft zum Lesen."

Dann fielen ihm zum Glück die Gedichte von Hugo von Hofmannsthal ein und er zitierte:

„In dem Stein am Wege liegt der Funke, der die Welt entzündet,

liegt die Wucht des fürchterlichen, blitzesgleichen Pralls verborgen."

Ein Herr unterbrach sie. Er trug weiße Schuhe und einen nachtblauen Samtanzug. Seine dunklen Augen stachen aus einem weißgepuderten Gesicht hervor, das von einem bunten Halstuch mit exotischen Ornamenturen eingerahmt war. Sein Haar war von einem Scheitel durchzogen und mit Pomade in Form gebracht. Er stellte sich als Franz von Stuck vor und nahm am Tisch Platz.

Max kannte ihn von der Akademie, wenn auch nicht persönlich. Von Stuck hatte den Ruf eines Malerfürsten. Zudem war er Bildhauer und zum Professor ernannt worden. Er ließ sich eine Villa in der Prinzregentenstraße bauen, nicht weit von Heinrichs Anwesen.

Max fiel auf, wie aufmerksam Franz Helene begrüßte und in Richtung der Kellner nach Champagner rief. Sie meinte, sie trinke lieber Sekt. „Vom Champagner wird mir übel." Und plötzlich war sie in ein Gespräch mit Herrn Stuck vertieft. Max konnte hören, wie er ihr anbot, sie unbedingt einmal in seinem Atelier empfangen zu wollen, und küsste ihr dabei nicht ganz korrekt die Hand.

Max dachte an *Die Sünde*, die Stuck in einer Schlange und einer Frau dargestellt hatte: Das Tier windet sich um den entblößten Körper. Das Gesicht der Frau bleibt im Schatten. Ihr nackter Leib steht ihm Zentrum des Bildes. Er wirkt blass und starr, als hätte die Schlange den tödlichen Biss bereits vollzogen.

Max machte das Bild ein wenig Angst, schon weil der Anblick in all seiner Grausamkeit verführerisch war. Stuck verstand die Bildsprache wie kein anderer. Ihm war damit ein Meisterwerk gelungen.

Es dauerte nicht lange und eine andere Dame gesellte sich an den Tisch. Sie küsste Franz einfach auf den Mund. Ihr Kostüm zeigte viel Bein und sollte ein Zirkuspferd darstellen. Als die Pferdedame Max den Rücken zuwandte, sah er zu seinem Entsetzen, dass sie einen Schweif am Gesäß hatte.

„Darf ich Ihnen ein Glas Sekt bringen?“, fragte Max Helene, um eine Gelegenheit zu finden, austreten zu können. Schon war er davongeeilt, sprach mit einem Kellner und wies ihn an, das Getränk an den Tisch zu bringen. Max wollte, nachdem er kurz an der frischen Luft gewesen war, sofort zurück. Doch er wurde von einem Mann mit roter Perücke aufgehalten.

„Sagen Sie mal, Herr Doktor, glauben Sie, dass die moderne Malerei noch weiter um sich greift?“

Als Max nicht darauf antwortete, zumal er kein Doktor war, und man ihn wohl verwechselte, kam ihm schallendes Gelächter entgegen. Er sah zu seiner Verwunderung, wie der Mann bereits an den nächsten Gast herangetreten war und wieder dieses schrille Lachen erklingen ließ. Dann fand er ein Schild auf dessen Rücken. Darauf stand: Pausenclown.

Auf dem Rückweg traf er Georg, der ihn daran erinnerte, dass es später noch ein Feuerwerk gäbe und er seine Hilfe benötige. Max sagte ihm zu, doch er wollte zurück zu Helene. Mittlerweile wurde der erste Gang serviert. Es gab Pastete, Radieschen, geräucherten Lachs. Als Hauptgang wurde Fasan gereicht und im Anschluss noch ein Stück Kuchen. Ihm war aufgefallen, wie hungrig Helene war, und er fragte sich, wie nur alles in ihrem schlanken Körper Platz fand. Er hingegen bekam kaum einen Bissen hinunter.

Nach dem Essen wollten sie gemeinsam hinüber in das Musikzimmer gehen, aus dem seltsame Töne zu hören waren. Jemand spielte mit der linken Hand Klavier. Die rechte Hand hielt eine Mundharmonika. Die Akkorde beider Instrumente klangen ausgelassen und manchmal etwas schräg. Als das Piano und die Mundharmonika verstummten, sang ein Mann mit hoher Stimme bekannte Schlager. Dann setzte das Schlagzeug ein, gefolgt von einer Trompete. Max sah zu seiner Verwunderung einen kleinen Affen im Orchester, dem sie eine Schelle gegeben hatten, die das Tier, gekleidet in ein Marinejäckchen, tatsächlich im Takt zu spielen wusste.

„Die Musik stammt aus Amerika", erklärte Heinrich. „Habt ihr Pauline gesehen?" Helene wusste nicht, wo ihre Freundin war. Schon war Heinrich in der Menge verschwunden.

Bei der neuen Musik handelte es sich wohl um Improvisation, ein schöner Effekt, ein Witz womöglich, sicher einmalig, aber doch nicht vergleichbar mit den großen Meistern der Klassik, sinnierte Max und ging mit Helene hinüber ins Spielzimmer, in dem ein Billardtisch stand. Dort trafen sie wieder auf Heinrich. Er sagte, es gäbe noch eine Feuerzangenbowle, die sie unbedingt probieren müssten. Dann war er auch schon von Pauline zu einer Polonaise mitgerissen worden, die im Vestibül stattfand.

Max suchte Georg wegen des Feuerwerkes, das um Mitternacht gezündet werden sollte. Als er ihn im Garten entdeckte, schien Georg etwas nervös zu sein, meinte, es wäre zu gefährlich, der Abstand zu den Zuschauern müsse vergrößert werden, und bat Max, die Munition bis an den äußersten Rand des Gartens zu befördern.

Max schleppte die Feuerwerkskörper bis an die Hecke und zerriss sich dabei seinen geliehenen Frack. Auch waren seine weißen Hemdsärmel ganz schwarz geworden. Nachdem er mit seiner Arbeit fertig war, eilte er schnell zur Garderobe, wo er sich ein Kostüm ausleihen wollte. Er wählte in seiner Not ein barockes, blaues Kostüm, das aus einer glitzernden Jacke, einer Perücke, Kniebundhosen und weißen Strümpfen bestand. Dazu gab es eine goldene Halbmaske mit einem Vogelschnabel. Diese setzte er jedoch nicht auf.

Er sah auf seine Taschenuhr. Es war kurz vor Mitternacht, das Feuerwerk würde jeden Moment gezündet werden. Auf der Treppe wurde er jedoch von seinem ehemaligen Professor aufgehalten. Er stellte ihm einen Journalisten vor, der schon bald nach Den Haag in die Niederlande reisen würde:

„Delegierte aus sechsundzwanzig Staaten kommen zur Friedenskonferenz. Sie versuchen den Krieg aufzuhalten, indem sie einen Schiedshof einrichten wollen."

Max ließ die Herren stehen, denn er musste zurück auf die Terrasse. Er kam gerade noch rechtzeitig. Helene kicherte, als sie ihn in diesem Casanova-Kostüm erblickte. Aber sie schien sich darüber zu freuen, dass er zu ihr zurückgefunden hatte.

Sogleich stiegen Lichtfontänen auf, gefolgt von Funkenkaskaden und bunten Zauberbildern, die sich schnell in Rauch auflösten. Am Ende knallte es furchtbar laut und man hörte und sah rote, grüne und blaue Explosionen.

*****

Der Flügel war für die Abformung fertig. Michael konnte das Silikon und den Gips auftragen. Die Oberflächen würde er anschließend glätten und polieren müssen, damit er sie für den Metallguss verwenden könnte. Dafür benötigte er mindestens eine Woche. Stürz wollte, dass der Flügel so schnell wie möglich wieder auf dem Rücken des Engels saß. Michael hatte ihn nicht überreden können, das Denkmal doch erst einmal vollständig zu begutachten. Er war irritiert über den Mann, der sich überstürzte vor Besorgnis, aber nur, was den Flügel betraf.

„So läuft das eben, Auftrag annehmen und Maul halten“, dachte Michael. Trotz dieser Handschellen hatte er sich bemüht, wenigstens den Flügel zu retten. Doch etwas sträubte sich in ihm. Durch sein Wissen wurde er zum Mittäter, falls dem Engel doch noch etwas fehlte.

Michael nahm sich einen Tag frei. Er brauchte dringend Erholung, denn was ihn erwartete, war die Arbeit des Stuckateurs, die Geduld verlangte. Zudem hatte er bereits eine anstrengende Woche hinter sich. Sam hatte er freigegeben. Er ging ihm auf die Nerven. Und viel helfen konnte er ihm jetzt nicht mehr.

Michael verstand nicht so recht, wieso seine Schwester plötzlich nicht mehr kam. Seit zwei Tagen war sie verschwunden. Als er gestern im Hotel nach ihr gefragt hatte, konnte ihm niemand Auskunft geben. Ausgecheckt habe sie nicht und die Rechnung stünde noch offen.

Plötzlich machte er sich Sorgen. Vielleicht war sie nach Isen gefahren. Sie hatten sich so viele Jahre nicht gesehen, waren sich fremd geworden. Er kam sich schon ein wenig dämlich vor, als er Sam fragte, ob er sie nicht zufällig irgendwo gesehen habe. Er fand, dass Sam irgendwie linkisch auf seine Frage reagierte, so tat, als höre er ihn nicht. Er musste seine Frage wiederholen. Und als Sam nur den Kopf schüttelte, hatte er das Gefühl, dass er log.

Michael verdrängte seine Zweifel. Er wusste, er war sensibel, was die Wahrheit betraf. Daher wollte er lieber einen Spaziergang machen und endlich abschalten. Er könnte in die Glyptothek gehen, da war es warm.

Sophie würde sich sicherlich freuen, wenn er sie mitnehmen und anschließend zum Essen einladen würde. Aber er hatte keine Lust dazu. Und eigentlich war es ihm auch Recht, dass Irene für einige Tage verschwunden war. Frauen strengten ihn an. Er musste stets aufpassen, sie nicht zu verletzen. Das traf besonders auf seine Schwester zu.

Warum konnte er ihr nicht einfach sagen, alles sei vergeben und okay? Wieso hatte er es nicht geschafft, sie einmal anzurufen oder in Berlin zu besuchen? Er wusste es nicht.

In seine schwarze Daunenjacke gepackt, stieg er die Treppen hinauf zum Museumseingang. Gleich in der ersten Halle erwartete ihn ein schlaftrunkener Faun, eine marmorne Gestalt, wohlgestaltet, mit muskulösen Gliedmaßen. Er liebte dieses Geschöpf, wie es sich nackt und völlig in seine Träume versunken um nichts scherte. Aber welche Geschichte wollten die griechischen Bildhauer erzählen?

Michael setzte seinen Rundgang fort. Sah sich die Figuren flüchtig an. Er kannte sie alle. Dann blieb er noch einmal stehen. Er konnte einfach nicht an ihr vorbeigehen, ohne sie anzustarren. Aber Eirene, die Göttin des Friedens, die ihn um einige Köpfe überragte, sah ihn nicht an. Sie hatte ihr Gesicht abgewandt. Es wirkte traurig, als habe er etwas verbrochen oder unterlassen. Ihre Nase war zerstört und der rechte Arm fehlte.

„Verdammter Frieden", fluchte er und erinnerte sich, wie seine Schwester Modell gestanden hatte, damit er den Frieden modellieren konnte. Ihren Kopf hatte er nach vorne geneigt, damit ihre Augen zur Geltung kamen. Sie blickte auf ihn herab, das blonde Haar gekämmt, den Scheitel mittig gezogen. Ihr Mund musste geschlossen bleiben. Stille war eine Notwendigkeit, wenn sich die Gedanken entfalten sollten.

Das Kleid, das seine Vorlage trug, hatte er durch Bandagen ersetzt. Den Frieden wollte er in eine Zwangsjacke stecken, deshalb hatte er die Keramik weiß eingefärbt. Für ihren Kopf wählte er Buntstein, wegen seiner unregelmäßigen Maserung. Und anstelle des Kindes, gab er ihr einen Schlüssel in die Hand.

Er hatte gehofft, es ändere sich nichts mehr, wenn der Ton getrocknet war. Doch seine Schwester hatte ihn angelogen. Deshalb hatte er die Skulptur zerschlagen, obwohl sie ihm so wertvoll war.

Erinnerungen konnte man nicht zerstören. Er war froh darüber, denn er brauchte sie jetzt, auch wenn sie grausam waren. Ihm fehlte die große Schwester, die ihm wie eine Mutter gewesen war.

Er stand noch immer vor Eirene. Die Statue kam ihm dämonisch vor. Jetzt hatte er genug, suchte den Ausgang, durchlief die anderen Räume, ohne auch nur eine der römischen und griechischen Figuren anzusehen. Als er endlich im Freien stand, überlegte er, ob er etwas falsch gemacht hatte.

Zuhause bemerkte er, wie kalt es in seiner Wohnung war. Im Atelier war es noch kälter und der Flügel wirkte steif und erfroren. Schnell formte er einige Knäuel Zeitungspapier, legte Holzspäne mit in den Ofen, machte Feuer und gab größere Scheite nach.

Er dachte kurz daran, sich eine Bierflasche zu öffnen. Doch er ließ es bleiben. Als es endlich wärmer wurde, setzte er sich auf das Sofa. Er griff nach dem Buch mit den Briefen, er wollte alles über diesen Max erfahren. War es ein Zufall, dass er aus Isen kam?

10. Mai 1898

Sehr geehrter Vater,

stets gedenke ich Euer und der lieben Frau Mutter. Ich hoffe, dieser Brief erreicht Euch bei bester Gesundheit. Ihr fehlt mir sehr, ganz besonders jetzt, da alles zu blühen begonnen hat und die Heimat wohl ganz verzaubert ist. Wie gerne wollte ich einen Spaziergang mit Euch unternehmen, wo Ihr doch die Natur so lieb habt.

Wie geht es den Geschwistern Albert, Christian, Otto, Franz Xaver und Leo? Was macht Bruder Ludwig, unser König-Ludwig-Patenkind? Will er denn immer noch Priester werden?

Erst jetzt begreife ich, wie viele Jahre doch ein Mensch braucht, bis er zu etwas befähigt ist.

Damals, als Ihr mich in die Bildhauerwerkstatt zu Jakob Bradl nach München schicktet, um die Holzschnitzerei zu lernen, hatte ich furchtbares Heimweh. Wenn ich es gar nicht mehr aushielt, dann lief ich zu Fuß nach Isen.

Tatsächlich aber wurde etwas aus mir. Ich durfte an die Akademie der Künste. Ihr hattet es ermöglicht. Ein Traum wurde wahr. Das ist für einen Dörfler von außerhalb, ja selbst für einen gebürtigen Münchner selten. Dafür habt Dank, sonst könnt ich heute diesen Brief nicht schreiben.

Die wirtschaftliche Situation konnte mir nichts anhaben. Wenn ich in meinem Zimmer fror, dann suchte ich die Straßen nach Heizmaterial ab. Als Bismarck in München gastierte, sammelte ich die Wachsreste vom Boden auf. Ihm zu Ehren stellten sie Fackeln auf.

Es soll kein Vorwurf an Euch sein, lieber Vater, wo ich doch weiß, dass Ihr zwölf Mäuler zu füttern hattet und mit Euch selbst am sparsamsten wart.

Ihr seid mir ein Vorbild und nur durch Euch lernte ich, einen Fuß vor den anderen zu setzen. Und jetzt geht es – per aspera ad astra – über den rauen Weg zu den Sternen.

Das Denkmal nimmt langsam Gestalt an. Am 1. Mai in einem Jahr muss es fertig sein, sonst drohen uns Verzugsstrafen von fünfzig Mark pro Tag.

Ich vertraue Georg und Heinrich, die mir um einige Jahre voraus sind. Doch auch für sie gab es kein Lehrstück von diesen Ausmaßen.

Georg Pezold ist der Älteste von uns dreien. Er beweist neben bildhauerischem Talent auch viel Geschick im Organisieren. Allein die Beschaffung des

Materials und der Arbeiter sind eine enorme Herausforderung.

Heinrich Düll ist der Dritte im Bunde und war ebenso wie Georg und ich an der Akademie. Der Vater, ebenfalls Bildhauer, ist nicht oft zuhause, da er an der Nürnberger Kunstgewerbeschule unterrichtet. Aus diesem Grund können wir sein Atelier für unsere Modelle nutzen. Von dort haben wir es auch nicht weit zur Prinz-Luitpold-Terrasse.

Heinrich spielt hervorragend Flöte. Manchmal erlebe ich einen lustigen Musikabend bei ihm. Ein Zitterspieler und Sänger wie Ihr es seid, fehlt uns allerdings hier.

Es würde mich sehr freuen, lieber Vater, wenn Ihr bald nach München kommt, um Euch selbst ein Bild zu machen. Euer Rat ist mir sehr teuer.

Euer ergebener Sohn Max

*****

Es hatte die ganze Nacht geschneit. Die weißen Schneeflächen gaben der Stadt etwas Licht. Irene befreite das Auto vom schweren Schnee. Dann setzte sie sich hinters Lenkrad. Rechts, am Boden des Beifahrersitzes, erkannte sie die Plastiktüte, in die immer noch Stephans Schuhe eingewickelt waren. Er trug sie, wenn er auf die Baustelle ging. Es schien, als wäre er nur kurz weg gewesen.

Sie öffnete das Handschuhfach, um nachzusehen, was sich darin befand, und entdeckte ein gefaltetes Stück Papier. Es war ein Bauplan, der Entwurf für das Krankenhaus. Sie dachte daran, wie er viele Nächte lang gezeichnet hatte, während sie schlief. Das letzte Mal, dass er sie umarmt hatte, war Monate her.

Sie dachte zuerst, es läge an seiner Arbeit. Sie wollte ihn nicht stören. Doch eines Tages sagte er:

„Ich habe Richard an die Stasi verraten."

Sie versuchte, ihn zu beruhigen: „Du hattest keine andere Wahl, ich hätte mich auch so verhalten." Sie sagte das, obwohl sie nichts von seiner Vorgeschichte wusste.

„Nein, das hättest du nicht!", schrie er sie an.

Es hatte zu regnen begonnen. Das Licht des Schnees war trüb geworden. Sie startete den Motor, schaltete den Scheibenwischer und das Gebläse an.

Auch sie hatte ihm von ihrer Vergangenheit erzählen wollen. Die Depressionen kamen in Schüben, unkontrolliert, bald jeden Tag. Gleich nach dem Aufstehen fing sie ohne Grund zu heulen an. Sie fühlte sich schwach. Was war ihre Beziehung noch wert, wenn man nicht über alles reden konnte?

Über die Prinzregentenstraße fuhr sie stadtauswärts. Sie wollte nach Hause. Bald war sie auf der Autobahn. Dann erkannte sie das Ausfahrtsschild zum alten Münchner Flughafen. Hier waren Mutter und Vater abgeflogen und hierher hätten sie zurückkehren sollen.

Sie durfte nicht mehr nach ihnen Ausschau halten. Der Flughafen existierte nicht mehr, die Ankunftshalle war abgerissen worden. Nur noch der Tower stand da, ein roter Turm, der jetzt ein Mahnmal war.

Sie fuhr weiter, sah die letzten Bebauungen verschwinden, bis nur mehr flaches weißes Land mit vereinzelten Baumgruppen zu sehen war. Ihre schwarzen Stämme waren auf der windzugewandten Seite mit Schnee beklebt. Sie wirkten wie ein Trauerzug. Über triste Ebenen wölbten sich schwere Wolken, die alles zu erdrücken drohten.

Das Ende der Autobahn wurde angezeigt.

Irene drosselte das Tempo. Ein Schutthügel sowie Baustellenschilder versperrten die Weiterfahrt. In einer Rechtskurve wurde sie auf die alte Landstraße geleitet. Wie ein Fluss schlängelte sich der Weg durch die Abgeschiedenheit. Verschneite Bäume, die dichter standen, ließen sie an einen Zauberwald denken, in dem die Zeit eingefroren war. Am höchsten Punkt öffnete er sich. Von einer Anhöhe aus sah sie Markt Isen. Dieser Anblick war ihr vertraut.

Die Straße wurde schmaler, als sie in den kleinen Ort kam. Ein, zwei Fußgänger. Nur wenige Autos fuhren entgegen. Hinter der übernächsten Kurve erblickte sie schon das Haus, in dem sie aufgewachsen war. Es wirkte heruntergekommen.

Die einstige Lederei stand einsam. Schon damals hieß es, das Haus müsse bald abgerissen werden. Sie hatten es nicht verkaufen wollen. Niemand wohnte mehr dort, seitdem sie nach Berlin aufgebrochen war.

Als sie die kleinen Fenster mit dem roten Anstrich sah, den grünen Balkon, der nie ganz waagrecht war, die alte Laterne, das Vogelhäuschen am Eingang und das morsche Brennholz an der Hauswand, war es doch ihr Zuhause. Sie erkannte den Bach, der immer noch dicht am Haus floss. Regentropfen fielen hinein. Dieser Wassergraben war in unzähligen Sommern ihr Spielplatz gewesen.

Sie fühlte den Schlüssel in ihrer Manteltasche und holte ihn hervor. Er ließ sich drehen und die Tür sprang auf. Doch Großmutters Stimme war nicht mehr zu hören. Sie hatte ihr aus der Küche immer zugerufen: „Irene, zieh die Schuhe aus!“

Der Holzboden knarzte, und der Küchentisch mit all seinen Kerben und Kratzern stand an seinem Platz. Großmutter hatte auf diesem Tisch gerne Patiencen gelegt. Jedes Mal ergaben sie ein anderes Bild. Nie hatte sie etwas über den Krieg erzählt, auch nicht von Großvater, der in Russland gefallen war.

Irene setzte sich auf die Holzbank. Der Kachelofen war kalt. Doch es tat gut, hier zu sein. Wehmütig blickte sie hinaus in den Garten, der hinter dem Haus abseits der Straße lag.

Das Paradies ist unversehrt geblieben, dachte sie beim Anblick der knorrigen Äste des Apfelbaumes. Die Großmutter hatte oft auf ihrem Klappstuhl direkt unter ihm gesessen, an jener Stelle, auf die morgens der erste Sonnenstrahl fiel.

Als sie die Treppe hinauf zu den oberen Zimmern stieg, fühlte sie im Flur einen eisigen Luftzug. In Michaels Zimmer war das Glas gesprungen. Jemand hatte einen Stein durch das Fenster geworfen. Überall lagen Splitter am Boden. Sogleich sammelte sie die Scherben auf und legte sie vorsichtig auf die Kommode.

Dann betrachtete sie die Poster an der Wand. Es waren Michaels Rockidole. Er hörte damals stundenlang Musik und kam aus seinem Zimmer nur selten heraus. Es war die Zeit, in der er nicht mehr mit ihr reden wollte.

In einem Regal standen noch seine Tonfiguren. Sie saßen, hockten, knieten, lagen. Ihre Körper hatten klobige, übergroße Schenkel, Waden, Arme. Sie entdeckte die Kuhlen, die Michaels Finger geformt hatten. Die Köpfe waren klein, gequetscht und entstellt. Dadurch wirkten sie verletzt oder krank. Sie litten alle an ein und demselben Schmerz.

Sie sah den Jungen vor sich, wie er im Garten am Boden kniend feuchte Klumpen formte. Und im Winter waren es Figuren aus Schnee. Meist schmolzen sie tags darauf.

Einmal hob sie den Jungen hoch. Sie drückte ihn an sich. Seine kleinen Hände waren blau gefroren. Er hörte in ihrer Erinnerung nicht auf zu weinen. Warum hatte er seine Figuren hier gelassen? Ob er jemals wieder nach Isen gefahren war?

In Großmutters Schlafkammer öffnete sie den großen Schrank. Es hingen immer noch Kleider darin. Die Tür war nur schwer aufgegangen. Das Holz hatte sich verzogen. Darin hatte Irene sich oft vor Michael versteckt. Auf Großmutters Zimmer war er nicht gekommen. Alle anderen Verstecke hatte er immer gefunden. Das ganze Haus kam ihr jetzt vor wie ein Kleiderschrank.

Irene ging in ihr eigenes Zimmer und setzte sich an den kleinen Tisch, an dem sie ihre Hausaufgaben gemacht und ihre Bilder gemalt hatte. Sie sah auf das Bett, in dem sie oft nicht einschlafen konnte und nachts den Geräuschen lauschte. Jetzt schien der Raum ungefährlich. Sie fühlte sich wie eine Fremde, die unerlaubt in eine Welt eingedrungen war, die sie doch selbst vor langer Zeit verschlossen hatte.

Dass etwas nicht mehr war, machte ihr Angst. Diese Räume, die ihr selbstverständlich schienen, waren nur mehr Erinnerung.

Stephan sagte einmal zu ihr: „Häuser zeigen ihren Charakter, wenn sie lange bewohnt, irgendwann unbewohnt, still und verklungen, kurz vor dem Abriss stehen. Man kann die Zeit in ihnen fühlen, denn je älter die Häuser sind, desto eigentümlicher und kostbarer werden sie."

In dem Haus, in dem sie sich jetzt befand, hatten schon Generationen gelebt, dachte Irene. Die Zeit hätte sicher eine geringere Bedeutung, wüsste sie nicht, dass so viele Menschen schon hier gewesen waren. Als wohne man nicht nur in der eigenen Zeit, den eigenen Erinnerungen, sondern auch in der der anderen.

Sie wollte noch einen Spaziergang durch den Ort machen, über den Josephsberg zur Lourdes-Kapelle. Früher schon suchte sie diesen Platz gerne auf. Im

Sommer blühten dort viele Tagundnachtschatten, und es gab jedes Jahr eine Lichterprozession, von der Kapelle zur Kirche hinüber.

Sie kam am Rathaus vorbei und auch am Forsthaus, wo noch die alte Gerichtslinde stand, angeblich seit siebenhundert Jahren. Auf dem Dorfplatz sah sie das moosbewachsene Denkmal. Es stammte von ihrem Urgroßvater und stellte eine Marienfigur für die Gefallenen des Ersten Weltkrieges dar.

Sie fand den Eingang zur Pfarrkirche St. Zeno. Sieben marmorne Bögen bildeten ihr Portal. Zweimal war sie schon abgebrannt und wieder neu aufgebaut worden. Nur das Portal und die Krypta aus dem 12. Jahrhundert waren erhalten geblieben.

Im Vorraum neben dem Taufbecken betrachtete sie an der linken Wand eine Gedenktafel der Familie Heilmaier, die mit einer Christusfigur versehen war.

Jesus saß auf seinem Kreuz, das auf dem Boden lag. Er stützte sein Haupt mit einer Hand, als warte er. Wie ein Handwerker sah er aus, auch ein wenig müde, wie jemand, der eine Pause brauchte und überlegte, wie es wohl weiter ging. Es schien, als sei die Kreuzigung aufgeschoben.

Der Kirchenraum war üppig mit Stuck verziert. Die Decke wirkte wegen der vielen rosafarbenen Putten in himmelblauem Gewölbe furchtbar kitschig. Irene setzte sich auf eine Kirchenbank. Es war nicht irgendeine, sondern jene Stelle, auf der sie mit Großmutter immer gesessen war, wenn sie die Messe besuchten. Dabei blickte sie linksseitig auf ein Gemälde. Es zeigte die Offenbarung des Apostel Johannes, den Sturz Luzifers, seine Verbannung. Als Kind hatte ihr dieser Engel immer leidgetan. Aber heute fühlte sie nichts mehr. Und dann dachte sie, dass womöglich sie die Verbannte war.

Sie verließ die Kirche und folgte einem schmalen Kiesweg, der sie über den Friedhof zu einer Gedenktafel führte. Sie wusste, es war kein Grab, da keine Überreste der Eltern bei dem Flugzeugabsturz gefunden worden waren. Und sie erinnerte sich, dass Michael nicht zur Trauerfeier mitkonnte, weil er die Windpocken hatte und das Haus nicht verlassen durfte.

Großmutter hatte es vielleicht vergessen, es ihm zu sagen, dachte Irene. Es lag wohl an der Unaussprechlichkeit des Unglücks. Niemand traute sich über das Schreckliche zu reden. Jetzt stand sie vor Großmutters Grab und betete, wie sie es von ihr gelernt hatte, ein leises Gegrüßet-seist-du-Maria. Es war ihr, als spräche sie zu den Steinen.

Sie war nicht alleine auf dem Friedhof. Ein älterer Herr stand nur wenige Gräber entfernt von ihr. Er kam auf sie zu, stellte sich vor und reichte ihr seine zittrige Hand. Er meinte, er habe Marie gekannt.

Irene sagte, sie sei die Enkelin. Der Alte schien sich zu freuen und wollte ihr etwas zeigen. Als sie vor einem großen Kreuz standen, das von einem immergrünen Busch fast zugewachsen war, sagte er nur:

„Do schloft da Heilmaier, der Zminga den Engel gschoffn hod."

Sie musste an das Gemälde in der Kirche denken. Und dann gab es noch das Bild an der Wand in ihrem Kinderzimmer, auf dem ein Mädchen einen kleinen Jungen über eine Brücke mit morschem Geländer führte und dahinter ein weißer Engel aus einem Wasserfall hervortrat. Und sie wusste wohl, Großmutter hatte auch von einem Engel erzählt.

*****

Michael wollte wie Max empfinden, je mehr er seine Briefe las. Sie arbeiteten an ein und demselben Denkmal. Max war bescheiden und sah dankbar zu einem Vater auf, den er von Herzen liebte und bewunderte.

Michael war zum Heulen zumute. Er hatte keinen Vater, dem er von seiner Arbeit berichten konnte. Früher war es seine große Schwester gewesen. Sie fehlte ihm als Gesprächspartner. Gerne hätte er mit ihr über den Flügel gesprochen.

Eigentlich war das Abformen keine schwere Arbeit. Schwer war nur, dem Engel einen Ersatz zuzumuten. Er hatte immerhin seinen Originalflügel verloren. Jetzt sollte er eine Prothese bekommen. Und die musste mit dem Korpus verbunden werden.

Als Michael den Namen Heilmaier ganz hinten auf einer letzten Seite der Briefe fand, dämmerte es ihm. Er hatte ihn schon einmal aus Großmutters Mund vernommen. Was hatte sie ihm auf dem Weg zur Kirche gesagt, wenn sie in diesem Vorraum standen und Großmutter die Wandtafel berührte und sich bekreuzigte? Er hatte nie richtig hingehört. Es interessierte ihn nicht, womit die alte Frau beschäftigt war.

Manchmal blieben sie an einem bestimmten Grab stehen. Es lag an der Ostwand, unterhalb des Kirchenturms. Während Großmutter sich um das Blumenbeet kümmerte, ihre Stiefmütterchen pflanzte und ein neues Grablicht anzündete, konnte er in Ruhe im Kies nach den besten Steinchen für seine Steinschleuder suchen.

Der Boden hatte es ihm angetan. Wenn es nicht Steine waren, dann Hölzer, Würmer, Käfer oder nur feuchte Erde, in die er seine Finger steckte. Das Erdreich ließ sich formen. Darin lebte etwas. Dort war sicher auch ein Schatz verborgen. Manchmal grub er danach, an Stellen, wo vorher ein Haus oder eine Scheune gestanden hatten. Er glaubte, jemand habe dort etwas vergraben oder verstecken wollen und dann vergessen.

Er sah auf den kaputten Flügel, überlegte, ob Max sein Urgroßvater war. Aber warum hatte man ihn verschwiegen? Warum hatte Großmutter nicht erzählt, dass ihr Vater ein Bildhauer war, noch dazu der, der den Friedensengel gebaut hatte? Enttäuscht von seiner Familie, seinen nicht existierenden Eltern, seiner Schwester, die ihn angelogen, und einer Großmutter, die sich in Schweigen gehüllt hatte, nahm er sich den nächsten Brief von Max vor. Er hoffte, in seinen Zeilen die Wahrheit zu finden, Antworten, die man ihm schuldig geblieben war.

7. Juli 1898

Sehr geehrter Vater,

wie geht es Euch? Seid Ihr wohlauf? Hoffentlich habt Ihr Euch von der Influenza vollständig auskurieren können. Dieser Sommer ist ziemlich verregnet und kalt. Mutters Hemd habe ich erhalten und trage es gerne. Richtet Ihr meinen Dank aus.

Nun will ich Eure Fragen vom letzten Brief ausführlich beantworten. Wir zerbrechen uns derzeit den Kopf über die Stabilität der Figur.

Anfangs sollte es eine Kupferstatue werden, das getriebene Blech nur 2 mm stark. Doch wir konnten Oberbaurat Schwiening vom Stadtbauamt davon überzeugen, dass Bronze stabiler und nicht viel teurer werden würde. Er nahm es zur Kenntnis. Jedoch ermahnte er uns, dass das Gewicht der Figur, wir schätzen es auf fünfzig Zentner, ein ausbalanciertes Gleichgewicht finden müsse. Die Verbindung des Korpus mit der Säule sei so zu konstruieren, dass ein Drehen um die lotrechte Achse und ein Kippen um die horizontale Achse unmöglich würden.

Freilich, die Stabilität ist wichtig. Wir werden deshalb eine statische Berechnung machen müssen. Professor Föppl schlägt eine Eisenstange vor, die fest verankert im Fundament sich durch die Säule und durch das Standbein bis hin zum Bauchnabel des Engels ziehen soll.

Figuren der hellenistischen Zeit stehen häufig auf nur einem Standbein. Das Spielbein hingegen schwebt in der Luft. Sie besitzen die Maße des goldenen Schnitts. Das bedeutet, ihre Proportionen wurden ideal zueinander geführt. Sie setzen sich aus lauter kleinen Maßen zusammen, Zahlenverhältnisse, die eine Symmetrie und somit Schönheit ergeben. Der kleine Teil verhält sich zum Größeren wie der zum Ganzen. Auch das Pentagramm, der Davidstern, ein sehr altes Symbol in der Menschheitsgeschichte, besitzt diese optische Qualität.

Jedenfalls kommt uns der Goldene Schnitt zu Hilfe und das Standbein gerade recht, in dem die Stange ungesehen für Stabilität sorgen kann. Das andere Bein leider nicht. Es ist nicht mit der Säule verbunden. Es geht ja um eine Landung, einen kurzen Moment, der Engel berührt nur mit einem Fuß die Welt.

Aber nicht nur die Bewegungen in Körper und Gewand verraten einen flüchtigen Moment. Vielmehr ist es die Dramatik des Dargestellten. Das Innenleben sieht sich konfrontiert mit einem Äußeren, eine Situation, aus der man sich nicht zurückziehen kann. Der Betrachter solch eines Geschehens wird mit einbezogen. Er kann den Engel bei einer Landung beobachten.

Das Gewand des Engels wollen wir tugendhaft schneidern. Und in seinem Gesicht sollen sich sein friedliches Wesen und seine guten Absichten zeigen. Was wir nicht wollen, ist ein stolzes Heldengesicht. Traurig sollte es auch nicht dreinblicken. Obwohl unser Genius weiblich ist, wird sein Antlitz knabenhaft werden, jung, mit vollen Wangen und einer hohen, intelligenten Stirn.

Wie man aus großer Entfernung, besonders wenn man unter dem Engel steht, das Haupt überhaupt erkennen kann, ist noch zu klären. Schon deshalb wird er nach unten auf die Stadt und auf seine Einwohner blicken müssen.

Mein Bruder Ludwig ist Pfarrer und kann mir sicher helfen, was den Cherubim betrifft. Neulich schrieb er mir, das Kunstwerk nur ästhetisch einzukleiden, wäre verfehlt. Das Material sei von Mutter Erde und in menschlichen Händen. Doch nur der Glaube könne den leeren Raum im Inneren füllen.

Wenn ich nächste Woche nach Hause fahre, dann bringe ich Euch, lieber Vater, ein kleines Modell mit.

Ich bin ja froh, mir nicht allein darüber den Kopf zerbrechen zu müssen. Zunächst sehe ich allerdings nur den Eisenträger im Inneren, der die Hülle stützen wird. Die Tugenden eines Engels kann ich noch nicht erkennen. Das liegt wohl an mir selbst.

Seid herzlich gegrüßt, Euer Max

*****

Max war mit dem Boten gekommen und sog den heimatlichen Duft tief ein. Einmal pro Woche fuhr die Postkutsche von München nach Isen, weiter nach Erding und bis nach Wasserburg am Inn. Die Pferde waren am Ende ihrer Kräfte, als sie den Marktplatz erreichten. Der Kutscher spannte die überhitzten Tiere ab, deren Fell dampfte, und führte sie an die Tränke. Um den Dorfbrunnen reihten sich die schmucken, zweigeschossigen Häuser mit reicher Putzgliederung sowie die alte Linde, die schlichte Kirche und das Rathaus mit seinen spitzen Ecktürmen. Und auf dem Stufengiebel des Rathauses wachte Eirene. Die Figur hatte er aus Galvano gefertigt. Für einen Moment gab er sich der Illusion hin, sie winke ihm zu.

Zwei ganze Tage würde er bleiben und spazierte leichten Fußes den Berg hinunter, den die schwer beladene Kutsche mühsam hinaufgefahren war. Er folgte der Isen, die in einen schmalen Bachlauf gezwungen war und ihn direkt zum Ledereranwesen brachte. Er liebte die vertrauten Wege, die mit ihm in den vielen Jahren der Kindheit verwachsen waren und ihn blind heimführten.

Beim Anblick des kühlen Wassers erinnerte er sich, wie er als kleiner Bub vor der Melusine Angst gehabt hatte. Die Nixe hatte nackte Brüste und gleich zwei Fischschwänze. Er hatte sie auf einem Bild im Rathaus entdeckt. Und da sie eine Krone trug, glaubte er, sie sei die Königin von Isen. In der Schule hatte jedoch die Lehrerin von einem Wappen gesprochen, das von Kaiser Karl dem V. stammte. Viele Jahre später, als Max den Dorfbrunnen mit dem Kriegerdenkmal erschuf, hatte er sich längst mit der Melusine versöhnt und ihre Gestalt am Brunnen verewigt.

Als er vor dem Haus seiner Eltern stand, fand er es still, als wäre niemand zuhause. Ein friedlicher Zauber lag auf ihm, als habe es geschlafen, während er fort war. Er horchte an der Türe und klopfte. Es dauerte eine Zeit, bis er Vaters Schritte vernahm.

Matthias Heilmaier führte seinen Sohn in die Stube, in einen holzgetäfelten Raum mit kleinen Fenstern und einer niedriger Decke. Es roch nach Pfeife. Das Aroma verteilte sich im ganzen Haus. Allmählich gewöhnten sich Max Augen an das Dämmerlicht. Er nahm auf dem dunkelroten, mit Nähten übersäten Kanapee Platz. Aus dem mit Samt überzogenen Polster kam schon das Füllmaterial zum Vorschein. Mutter versuchte seit Jahren es zu retten. Sie verwendete Leinenflicken, die jedoch nicht genau dem Farbton des alten Stoffes entsprachen. Daher lagen viele kleine und große Kissen darauf, alle von Mutters Hand genäht. Max räumte sie ordentlich auf die Seite, um sich setzen zu können. Doch als er die Mutter vom oberen Stockwerk nach ihm rufen hörte, sprang er sofort wieder auf.

„Maximilian, bist du es?“

Und es dauerte nicht lange, da schloss sie ihn in ihre Arme. Er spürte ihre Kraft und Wärme, aber auch Anzeichen von Gebrechlichkeit. Ihre Schürze roch nach Seife und ihre Hände, die über seine Stirn strichen, hatten den Duft von Walnüssen.

Nach einer Weile ließ sie ihn wieder los. Ihre Wangen waren gerötet und ihr Blick zärtlich. Dann eilte sie noch einmal davon, um ein Glas Apfelmost zu holen. Wieder zurück, übergab sie ihrem Sohn das Glas und sah ihm dabei zu, wie er den Inhalt in einem Zug leerte. Schließlich sagte die Mutter, sie werde jetzt das Essen zubereiten. In ihrer Stimme schwang eine Heiterkeit mit, als wüsste sie, was das Geheimnis des Lebens war.

Max dachte daran, wie oft er ihr früher zugesehen hatte, wie sie mit all dem Werkzeug in ihrer Küche hantierte. Manche Messer waren so scharf, dass man sie an der Klinge nicht anfassen durfte. Mehl, Zucker, Salz, Grieß, Buchweizenmehl, Erbsen, Bohnen, getrocknete Pflaumen, Suppennudeln, Senfkörner, Kaffeebohnen und Vanillestangen lagerte sie wie Edelsteine in großen Schubladen. Butter, Kartoffeln, Kraut und Essiggurken wurden im Keller aufbewahrt. Sie besaß eine Messing-Waage, die vor allem beim Kuchenbacken gebraucht wurde. Die kleinen Gewichte, die aussahen wie Knöpfe, hatte er nach Mutters Anweisungen dann hinzulegen- oder wegnehmen dürfen.

Mutter war auch die Herrin des Gartens, in dem sie Gemüse aufzog und erntete. Manchmal sah er sie mit einer Sichel etwas schneiden oder mit einer Schaufel die Erde lockern und die Unkrautwurzeln entfernen. Es kam selten vor, dass sie sich dort ausruhte. Daher hatte Max ihr eine Schaukel gezimmert, mit Rückenlehne, damit sie bequem auf ihr sitzen konnte. Mit Seilen hatte er die Bank an zwei kräftigen Ästen befestigt. All das, sein Zuhause, wie er es in Erinnerung hatte, durfte niemals verloren gehen.

Nun war er mit dem Vater allein. Dessen Schreibtisch schmückte eine kleine Tischlampe und eine Holzschale, in der ein silberner Brieföffner, Schreibzeug, eine Schere sowie eine Lesebrille lagen. In den Schubladen, die ihm als Kind stets verschlossen waren, befanden sich Papier, Briefe, Notizen, alte Zeitungsartikel und Vaters Reisepass. Auch an ein Wandertagebuch erinnerte er sich. Vater zog es oft in die Berge, nach Tirol, in die Ostalpen und in die Schweiz. Alle Namen kannte er, von jedem Gipfel, deren Höhen und Entfernungen. Den Schlüssel zu seinem Schreibtisch trug er stets in seiner Hosentasche. Und weil er schon einmal einen verloren hatte, nähte ihm die Mutter in die Tasche eine lange Kordel mit einem Ring, an dem der Vater den Schlüssel befestigen konnte.

„Wie geht es in Isen voran, lieber Vater?“, erkundigte sich Max.

„Sohn, wir werden bald umziehen.“

Max wusste darauf nichts zu antworten. Darüber freuen konnte er sich nicht. Er, der dieses Haus so sehr liebte, konnte sich beim besten Willen nicht vorstellen, dass sie bald woanders wohnten. Er musste sich anstrengen, um seine Enttäuschung nicht zu zeigen und fragte: „Wo wollt Ihr denn hin?“

„Es ist schon alles beschlossen und organisiert. Die Mutter und ich sind nicht mehr die Jüngsten. Und dieses Haus ist baufällig geworden. Wir wollen ein neues nahe dem Rathaus zur Miete nehmen. Da habe ich es nicht weit in die Amtsstube. Und den Berg muss ich auch nicht mehr hinauf, allerhöchstens noch ein paar Stufen. Aber die werd´ ich schaffen.“

„Und wer wird dann in unser Haus ziehen? Ihr wollt es doch nicht abreißen lassen?“

„Dein Onkel wird es übernehmen. Er übt den Färberberuf aus. Daher wird ihm das Anwesen, das schon immer ein Färberhaus war, verpachtet.“

„Lieber Vater, wenn ich Euch helfen kann, dann lasst es mich wissen. Ihr könnt auf mich zählen. Sagt, wenn Ihr für die neuen Zimmer etwas braucht. Ein Möbelstück vielleicht?“

„Sohn, lass` gut sein. Den Umzug machen deine Brüder. Du hast mehr als genug Arbeit am Hals mit dem Denkmal in München. – Ach übrigens, es wird bald eine Eisenbahnstation in Isen gebaut. Den Antrag an die Reichsbahn habe ich bereits vor einem Jahr abgegeben, und jetzt kam tatsächlich eine Antwort aus München. Die Bahnstrecke wird, wenn alles nach Plan läuft, genau zur Jahrhundertwende fertig sein. Allerdings machen es mir die Leute aus dem Ort nicht leicht. Mir scheint, sie wollen den Fortschritt in Isen nicht. Auch von der Biersucht kann ich sie leider nicht befreien. Die Brauereien verdienen daran. Und wovon soll ich die neue Schule bauen lassen, wenn nichts mehr zu holen ist?“

Max sah, wie sich ein schelmisches Grinsen in Vaters sonst eher ernstes Gesicht schlich. Und dann sagte er:

„Ich hab´ die Biersteuer um einen Pfennig erhöht.“

„Es geht ja nicht anders“, sagte Max.

„Aber Drohungen hab´ ich bekommen. Das Haus wollten`s mir anzünden. Es war dasselbe wie mit den Brunnenmacher vor einem Jahr, als ich die verrotteten Holzwasserrohre modernisieren hab` lassen. Das ewige Geschrei von den Handwerkern, die bei jeder Erneuerung Angst haben, dass sie dann erwerbslos werden. Was ham´s denn schon getan, außer einen verendeten Frosch aus der Leitung befreit? Mit den neuen Eisenrohren passiert das nicht mehr. Endlich kann man das Wasser wieder verwenden, auch weil ich die Misthaufen vom Marktplatz hab` entfernen lassen. Nur bei den Petroleumlaternen, da ham´s alle die Gosch´n gehalten. Das war ihnen doch zu schön, um wahr zu sein. Jetzt braucht niemand mehr Angst zu haben, dass er nachts überfallen wird."

Max wusste, dass sein Vater in seinem Amt als Bürgermeister stur war, und wenn es sein musste, kämpfte er an einsamer Front. Er konnte und wollte ihn deshalb nicht belehren und ihn zur Vorsicht mahnen. Der Vater würde es ihm übel nehmen. Daher sagte er nur:

„Ich bewundere Euch für Eure Geduld und Ausdauer. Aber wenn Euch jemand noch einmal droht, dann bekommt er es mit mir zu tun."

„Mein Sohn, der Frieden hält nirgendwo lang. So schön diese Zeit auch erscheinen mag, sie ist gestohlen. Der Krieg kommt, du wirst schon sehen. Er wartet wie ein hungriger Wolf."

„Lieber Vater, Ihr seid zu streng mit allem. Wieso genießt Ihr nicht euer Leben? Ihr könnt stolz auf Euer Lebenswerk sein. Was habt Ihr nicht alles für uns Kinder und für Isen getan."

„Ich bin alt geworden und daher ist es gut, wenn du bald zurückkommst."

„Nur wegen der Arbeit lebe ich in der Stadt, das wisst Ihr wohl. Und ich habe dort nicht nur Arbeit gefunden, sondern jemand, der mir sehr wertvoll ist. – Sie heißt Helene."

„Mein Sohn, du bist jetzt dreißig Jahre alt und verdienst deinen Lohn ganz ordentlich. Ich kann dir keinen Rat zur Liebe geben, denn sie endet unweigerlich in der Ehe. Du solltest besser die Zeitung lesen und dich für Politik interessieren. Wenn du unbedingt Kinder in die Welt setzen willst, dann wisse, dass sie auch Krieg und Hunger ertragen müssen."

„Vater, Ihr seht Gespenster. Wir haben seit fünfundzwanzig Jahren Frieden und es ist eine gute Zeit, sich zu vermählen. Helene ist die Tochter eines bedeutenden Schreiners und Möbelfabrikanten. Herr Till ist beauftragt, das neue Rathaus in München auszustatten, wobei ich ihm ein wenig behilflich sein kann. Er hat mich auch darum gebeten, ein Medaillon von seiner Tochter anzufertigen."

„Sohn, ich rate dir, erst das Denkmal zu beenden."

„Das hatte ich vor, lieber Vater. Noch haben wir unsere Absicht, uns zu verloben, niemandem kundgetan. Sie sind der Erste, dem ich meine Liebe anvertraue. Erst nächstes Jahr wollen wir heiraten, in München, in der St. Benno Kirche."

„Aber wo wollt ihr wohnen?“

„Ich hoffte in Isen, lieber Vater. Vielleicht könnt Ihr es Euch nochmals überlegen, wem Ihr das Haus überlasst. Auch ich bin fähig, die Miete zu zahlen.“

*****

Michael beobachtete misstrauisch, wie sie in der Gießerei den Flügel bearbeiteten. Die Gipshälften fügten sie nun zusammen. In den Hohlraum hatten sie zuvor den feuchten Ton gegeben. Ein Negativ war entstanden. Ein Abdruck der Flügelmaserung ging auf den Ton über. Ton hatte den Vorteil, im Brennofen bei hohen Brenntemperaturen nicht zu springen oder gar in dem flüssigen Metall von zwölftausend Grad Celsius zu verbrennen.

Der Gips wurde entfernt, nachdem der Tonflügel geboren war. Man überzog den erkalteten Stein mit einer Wachsschicht und gab ihn anschließend in den Schamottsarg. Er war ebenfalls gefüllt mit einem Lehm-Ton-Gemisch. Hier vollzog sich die letzte Kopie.

Michael sah, wie sie den Sarg in die Glut des Ofens schoben. Das Wachs schmolz und verdampfte sofort. Jetzt wurde flüssiges Metall von oben in die Form gegossen, die zwischen Lehmflügel und Schamott entstanden war. Es musste nur noch der Ofen ausgeschalten werden und das Metall erkalten. Vorsichtig wurden am Ende die neu entstandenen Flügelhälften aus dem Ton herausgelöst.

Vom Original wurden immer neue Abzüge beidseitig angefertigt. Und am Ende schälte man die

Zwiebel, aber fand nur wieder Schalen vor. So war es mit dem Flügel. Es gab keinen festen Kern in ihm, nur Luft in einem Hohlraum.

Sam hatte gerade die Nachricht von Irene gelesen: Hi Sam, ich war in Isen. Muss bald nach Berlin zurück. Ich hoffe, wir sehen uns vorher noch. Liebe Grüße, Irene.

Er war enttäuscht. Er konnte seine Wut nicht verbergen und spie seinen Ärger vor Michael aus:

„Sie will nach Berlin zurück und der Engel ist ihr scheißegal!"

„Wieso schreibt sie dir? Läuft da was zwischen euch?", wollte Michael wissen.

Sam konnte auf keinen Fall zugeben, dass Irene es sich doch anders überlegt hatte. So beschloss er, sich eine andere Version auszudenken.

„Sie war müde und ich wollte sie in der Dunkelheit nicht allein nach Hause gehen lassen. Sie erzählte mir ihren Kummer. Ich glaube, sie hatte auch zu viel Bier getrunken. Sie war anhänglich, wirkte deprimiert, und was soll ich sagen, man tut, was man kann."

„Du Schwein!", schrie Michael. Und Sam setzte noch eins oben drauf.

„Da will man nur mit ihnen reden und schon werfen sie sich einem an den Hals."

„Halt dein Drecksmaul, Sam!"

Michael konnte sich kaum mehr beherrschen. Aber Sam hörte nicht auf. Er musste sich abreagieren und konnte es nicht lassen, Michael weiter zu provozieren.

„Entspann dich. Du solltest dir auch mal wieder was gönnen."

Michael war aufgesprungen und packte Sam am Hals. Er drückte mit aller Kraft zu. Sam japste nach Luft. Dann stieß Michael ihn von sich, hielt inne, erschrocken über sich selbst. Fluchtartig verließ er die Gießerei, schnappte sich den Wagen, schlug die Fahrertür zu, drückte aufs Gaspedal und fuhr zur Werkstatt zurück.

„Mit dem bin ich fertig", schimpfte er auf dem Heimweg. „Der braucht nicht mehr bei mir auftauchen und um Arbeit betteln."

Als er in den Hof hineinfuhr, überwältigte ihn der Wunsch mit seiner Schwester zu reden: über alles, von Anfang an, und dass sie nicht besonders glücklich und durch ihn an diesen Mistkerl geraten war. Doch er war zu müde und vielleicht auch zu feige, zu ihr zu gehen. Auch wusste er nicht, ob sie schon zurück war. Er konnte sich einfach nicht vorstellen, dass sie bei Sam gewesen war. Die Wut brodelte in ihm und ließ sich nicht abstellen. Daher genehmigte er sich ein Bier.

*****

Stürz stand im Atelier und begutachtete den Flügel, während er auf Michael einredete:

„Nächste Woche wird das Gerüst aufgebaut. Der Flügel kann dann endlich befestigt werden. Das Denkmal wird jedoch bis zum 16. Juli verhüllt bleiben. Es wird eine Feier zum Jahrestag seines Bestehens geben. Der Bürgermeister hat sich für diesen Termin stark gemacht."

Michael war froh. Er würde also noch Zeit haben, das Denkmal zu begutachten, ehe das Gerüst wieder wegkäme. Dann wollte er von Stürz noch wissen, was es mit den Einschüssen auf sich hatte.

„In der Zeitung stand doch, es hätte Löcher gegeben. Wurde denn etwas gefunden? Ich meine, gab es da wirklich Löcher im Rücken des Engels, die von Revolverkugeln stammten?"

Stürz richtete seine stahlgrauen Augen auf ihn. Sein Blick wirkte erfroren und Michael hörte ihn sagen:

„Der Einschuss am Flügel hat uns große Rätsel aufgegeben. Einen Täter hat man noch nicht gefunden."

Michael kratzte sich am Kopf und überlegte, ob er richtig verstanden hatte. Er konnte mit einem Loch im Flügel nichts anfangen. So etwas hatte er nicht gesehen und er rief sich nochmals das deformierte Metall ins Gedächtnis. Etwas hilflos sah er auf den neuen Flügel. Er fand es widerwärtig, dass Stürz den jungfräulichen Flügel berührte und gleichzeitig eine Lüge aufgetaucht war, die er so leicht nicht mehr korrigieren konnte.

Aber wieso wollte Stürz ihm und aller Welt weismachen, dass es einen Einschuss gegeben hatte, obwohl da niemals ein Loch gewesen war?

Michael hörte, wie er sich verabschiedete: „Man sieht sich, wenn der Flügel anmontiert wird“, und wünschte einen lohnenden Tag.

Jetzt war nichts mehr nachzuweisen, überkam es Michael. Der alte Flügel war von ihm ja repariert worden, damit er als Vorlage für den Abguss dienen konnte. Hätte es ein Loch gegeben, hätte er es schließen müssen. Ihm war nicht klar, was Stürz vorhatte, warum der unbedingt einen Einschuss brauchte, wo es doch einfacher gewesen wäre zu sagen, der Engel leide an Altersschwäche.

Was ihm an der ganzen Sache außerdem nicht gefiel, war, dass er ihn zum Komplizen machte. Denn würde Stürz an dieser Behauptung festhalten, dann hieße das, dass er, Michael, ja ebenfalls den Einschuss gesehen haben musste.

Er wollte das nicht hinnehmen, musste mit jemandem darüber reden, jemand, der wie er gesehen hatte, dass da kein Loch war. Schließlich überwand er sich und rief Sam an. Er war der Einzige, der ihm jetzt helfen konnte.

Sam hatte sich beeilt und war mit dem Fahrrad zu ihm gefahren. Er wusste nicht, worum es ging, nur, dass Michael seine Hilfe brauchte. Von dem letzten Streit war nicht die Rede.

„Was gibt es, alter Metallbeißer? Hast du einen Fehler entdeckt? Ist etwas mit dem Flügel passiert? Oder geht es um Irene?“, fragte Sam, als er Michael in seinem Atelier vorfand.

„Über meine Schwester will ich mit dir nicht mehr reden. Du lässt die Hände von ihr!“

„Wir sind doch alle erwachsen, nicht wahr?“, protestierte Sam.

Aber Michael blieb diesmal kühl: „Meine Schwester ist unglaublich stark, unterschätze sie nicht.“

„Ich gebe dir Recht, sie hat weder geheult noch um Hilfe gebeten. Sie blieb verschlossen, obwohl ich glaube, dass sie Hilfe gebrauchen könnte.“

Michael war froh, dass Sam doch auch fähig war, die Dinge wieder zurückzustellen, von wo er sie gestohlen hatte, auch wenn er jetzt behauptete, dass nichts zwischen ihm und ihr gewesen war. Jedenfalls bereitete ihm Sam keine schlaflosen Nächte mehr und meinte, es gäbe da noch ein anderes Problem.

Er schilderte Sam, wie ihn sein Auftraggeber dazu genötigt hatte, einer Lüge nichts entgegensetzen zu können, weil es keine Beweise mehr gab, was ihm jetzt Kopfschmerzen bereitete.

„Was sollen wir tun? Wie können wir verhindern, dass der Irre weiterhin behauptet, der Engel sei in einem Topzustand und dass da draußen ein Engelsmörder frei herumläuft? Wie kommt der auf diese Geschichte?“

Sam sah Michael mitfühlend an. Er suchte nach seinem Tabakbeutel, zündete sich eine Marihuana-Tüte an, die er bereits zuhause gebastelt hatte, und meinte:

„Wir hängen da beide drin. Immerhin, wir sind zu zweit und können bezeugen, dass der Flügel nicht durchlöchert war, nur gebrochen.“

Als Sam gegangen war, nahm Michael sich wieder die Briefe vor. Er brauchte jetzt Max´ Beistand. So ein Friedensengel, das war in seinen Augen eine irrsinnige Leistung. Und mittlerweile war er mit Max ganz einer Meinung. Auch wenn man von einer Nike ausgegangen war, konnte doch keiner verhindern, dass man lieber einen Engel wollte.

1. Oktober 1898

Verehrter Vater,

der Sommer ist vorbei und ich denke immer noch darüber nach, wie ein Engel auszusehen hat.

In der Universitätsbibliothek fand ich tatsächlich viele Bücher. Sowohl das Judentum, das Christentum als auch die arabische Welt glauben an Engel. Da standen an die hundertsiebzig Namen. Unter ihnen fand ich Harudha, einen weiblichen Engel, der über das Element Wasser wacht. Und dann gefiel mir auch Neria, die Lampe Gottes.

Überall auf der Welt geben Engel den Menschen Kraft, machen ihnen Mut und gleichzeitig schützen sie sie. Hierzulande verlässt man sich auf St. Michael. Es gibt zahlreiche Bruderschaften, die sich nach ihm benennen. Er gilt als Schutzpatron, wird mit Schwert und Schild wie ein Ritter dargestellt und Protector Germaniae gerufen. Doch ist Michael auch der Richter mit der Seelenwaage, der Gut und Böse abwägt. Er wird daher gerne auf Friedhöfen aufgestellt.

In München neigt man in manchen Kreisen zum Okkultismus. In der Kunst tobt sich das Übersinnliche jedenfalls gewaltig aus.

Ich zähle mich nicht zu den Anhängern und doch habe ich es jetzt mit einem Engel zu tun.

Hier muss ich leider meinen Brief beenden. Die Arbeit ruft mich. Und wenn Ihr bald nach München kommt, dann werdet Ihr Euch selbst vergewissern können, wie weit wir schon sind.

Euer treuer Sohn Max

*****

Sam hatte das Haus nicht verlassen. Es gab nichts, womit er Irene beeindrucken konnte. In dieser Verfassung konnte er nicht unter die Leute. Man würde ihm ansehen, wie einsam er war. Alles, was zu seinem Antiheld-Outfit gehörte, kam ihm jetzt lächerlich vor.

Es war ihm nicht egal, was sie von ihm dachte. Aber sie fand ihn weder interessant noch unsympathisch. Damit hatte sie ihn zu Einzelhaft verdammt.

Die Wohnung sah schlimm aus, aber trotzdem wollte er nicht ein winziges Detail darin anrühren. Alles musste bleiben, wie es war, seit dem Morgen, an dem sie einfach gegangen war. Das halbleer getrunkene Glas stand seit einer Woche unberührt. Sie hatte daraus getrunken und etwas Rotwein für ihn übrig gelassen. Er fühlte sich jetzt aufgefordert, davon zu kosten und hielt das Glas gegen das Licht, um zu sehen, ob es tatsächlich Wein war, oder ob sich noch etwas anderes darin verbarg.

Die schwarzrote Flüssigkeit blieb undurchsichtig. Die Konsistenz hatte etwa Träges und Endgültiges. Schließlich steckte er seinen Finger hinein, rührte darin, zog den benetzten Finger an seine Lippen. Er fühlte die Bitterkeit, dann eine süße Erinnerung.

Auf die Nachricht, dass sie abreisen, ihn aber noch einmal sehen wolle, wusste er nichts zu antworten. Er überlegte dennoch, wie und wann es zu einem Treffen kommen sollte. In die Werkstatt konnte er nicht gehen, um ihr dort zufällig zu begegnen. Michael hatte keine Arbeit für ihn. Er mochte sie nicht einfach anrufen, denn sie würde an seiner Stimme merken, dass mit ihm etwas nicht stimmte. Lieber wollte er eine Nachricht schicken. Sie hatte es ja auch getan, ohne sich was dabei zu denken.

Er schrieb ihr: Sprechzeiten Mo – So ab 17:30 Uhr, und setzte ein Fragezeichen dahinter. Dann drückte er „Senden".

Nervös auf eine Antwort wartend, lief er vom Wohnzimmer in die Küche, um sich einen Schluck Leitungswasser zu genehmigen. Auch fand er alte Kekse und stopfte sie gierig in sich hinein.

Im Schlafzimmer riss er den Kleiderschrank auf, suchte nach dem weißen Hemd, das er zu seinem womöglich letzten Auftritt anziehen wollte. Tatsächlich hatte er es noch. Mutter hatte es ihm geschenkt, als er in diese Wohnung gezogen war. Es war verpackt, nicht einmal getragen. Er musste die Stecknadeln und das Preisschild abmachen.

Zu dem Hemd würde er einen schwarzen Pullover anziehen und darüber seinen langen Mantel. Auch wollte er sein Haar verändern. Sonst trug er das glatte Haar ungekämmt auf Schulterlänge. Es musste etwas Seriöses her, damit sie sich mit ihm wohlfühlte.

Das Signal einer eingehenden Nachricht schreckte ihn auf. Die Antwort war da. Sie schrieb: Wir können uns gerne heute am Engel treffen. Er musste nicht lange überlegen, entschied sich für Gel.

Sam war eine halbe Stunde zu früh. Der Wind tobte orkanartig und zerzauste seine Frisur, die er so sorgfältig geordnet hatte. Er stülpte den Mantelkragen nach oben und zog den Kopf bei jeder Böe ein.

Er sah hinauf zu dem Engel und dachte: „Wieso fliegst du nicht einfach davon und lässt mich in Ruhe? Du hast noch nie jemandem geholfen."

Sam wartete auf Irene, die gleich vor ihm stehen würde, kühl und faszinierend. Wenn sie käme, dann würde er ein anderer sein. Und wenn er die magischen Kräfte seiner Verliebtheit geschickt einsetzte, dann würde sie bei ihm bleiben, hoffte er.

Vom Hotel bis zum Friedensdenkmal brauchte sie nur wenige Minuten, wenn sie die Abkürzung durch den Park nahm. Der Weg schien ihr jedoch unendlich lang. Sie hörte ihre Schritte, die unterschiedlich klangen, wenn sie über kalte Steine auf verrottetes Laub oder abgebrochene Äste trat. Wie eine Blinde tappte sie durch die Dunkelheit und beachtete den Engel nicht, der in der Schwärze der Nacht von einem Flutlicht bestrahlt wurde. Sie sah nur die dunkle Gestalt, die darunter stand und auf sie wartete.

„Du siehst toll aus“, sagte Sam. „Ich mag dein Haar.“

Er wollte hineingreifen, doch wagte er es nicht, sie zu berühren. Lieber wollte er sie einkreisen, wie beim Schlittschuhlaufen. So entkam er kurz ihrem Blick. Schließlich umarmte er sie doch, gegen alle seine Vorsätze, und wollte sie gar nicht mehr loslassen. Er flehte sie an, nicht abzureisen. Sie dürfe ihn jetzt nicht verlassen, er bräuchte ihre Hilfe.

Irene hatte sich befreit und musste über Sams Theater kichern. Ihre Augen strahlten, ohne dass sie es wusste.

„Wobei soll ich dir denn helfen?“

Er hatte sich etwas Besonderes ausgedacht, etwas, dass ihr gefallen würde. Damit könnte er ihr imponieren.

„Ich habe über meine Mutter nachgedacht. Du hattest Recht. Ich sollte einmal nach ihr sehen. Aber ich möchte, dass du mich begleitest. Allein schaffe ich das nicht. Es war ja auch dein Vorschlag. Du erinnerst dich?“

„Abgemacht, du sagst mir, wann es losgehen soll und ich nehme mir die Zeit.“ Irene wusste, es würde die Frau sehr glücklich machen.

Sie folgte ihm durch die nächtlichen Straßen. Der Boden unter ihren Füßen knirschte vor Kälte. Sie rieb sich die Hände und fragte:

„Wohin gehen wir?“

„Wir besuchen einen Freund. Er wohnt in der Nähe. Es ist nicht weit.“

Als er ihre Hand nahm, spürte er, wie kalt sie war. Er steckte sie zusammen mit der seinen in seine Manteltasche. Irene zog sie nicht zurück und ließ sich führen. Nach einer Weile nahm er dann auch ihre andere Hand, um sie ebenfalls aufzuwärmen.

Er war wiederhergestellt, dachte er. Er war richtig stolz auf sich. Er hatte sein Bestes gegeben und nun wollte er feiern gehen.

Sie saßen auf dem Sofa des Freundes und unterhielten sich: Eine Party wollten sie organisieren, es müssten noch Flyer gedruckt werden, es gäbe einen Raum, einen alten Luftschutzbunker.

„Es wird eine Mischung aus Live- und DJ-Performance“, hörte sie Sam sagen. „Ich werde auf meiner Gitarre einige Rockballaden spielen.“

Sie fühlte sich seltsam wohl. Gedankenlos lauschte sie der Musik, den Klängen, den Hintergrundgeräuschen. Es waren Stimmen in verschiedenen Sprachen, Fragmente, die zwar keinen Sinn ergaben, sich aber wiederholten und vielleicht deshalb wie Poesie klangen.

Sams Freund war nicht mehr zurückgekehrt, nachdem er die letzten Getränke auf den Tisch gestellt und gesagt hatte, er wolle noch Nachschub besorgen.

Irene wunderte sich, dass sie nicht müde war. Das Gefühl für Zeit war ihr abhandengekommen. Sie hatte nicht viel getrunken, ein oder zwei Gläser Wodka, dann nur noch Mineralwasser. Aber etwas stimmte nicht mit ihr und plötzlich war auch Sam verschwunden.

Die Straßen hatten ihre Namen verloren, als sie versuchte, zurück zum Hotel zu gehen. In der Dunkelheit schien sich die Stadt aufzulösen. Sie sah nach dem Fluss, als sie auf der Brücke war. Das Rauschen konnte sie deutlich hören. Ihre Hände hielten sich an der Balustrade fest. Und endlich erkannte sie die fließenden Bewegungen in dem schwachen Straßenlicht.

Sie wollte weiter, hatte die Brücke überquert. Stimmen aus einem Park drangen zu ihr. Sie lief in Richtung der Bäume. Zwischen den Stämmen hing Nebel, und Vögel flüsterten, obwohl es finster war. Sie konnten nicht schlafen, dachte Irene.

Es waren Männer. Sie hockten um eine Feuerstelle, trugen dicke Mäntel und saßen auf Holzkisten. Ihre Köpfe waren kahl geschoren. Waren es Mönche? Einer bot ihr an, sich auszuruhen.

Sie erkannte Zahlen, die auf der Haut der Männer tätowiert waren. Einer von ihnen sagte, es sei die jährliche Anzahl der Schritte.

„Woher seid ihr?“, wollte sie wissen.

„Das ist unwichtig, nur auf den Weg kommt es

an“, sagte einer von ihnen und deutete in eine Richtung.

„Du musst diesen Pfad gehen. Seitdem die Menschen sesshaft geworden sind, ist das allerdings nicht so leicht. Aber wenn du jeden Tag deine Schritte machst, dann wirst du dich daran gewöhnen. Manche suchen ein Leben lang danach.“

Sie dachte an die Menschen, die geflohen und durch viele Länder gewandert waren. Männer, Frauen und Kinder. Sie kamen allein mit ihrer Hoffnung. Es war ihr eine seltsame Vorstellung, solch einem Pfad zu folgen, um an einen Ort zu gelangen, an dem es ihr vielleicht besser gehen würde.

Gegen Mittag verließ sie das Hotel. Sie hatte nicht lange geschlafen. Die gestrige Nacht kam ihr jetzt fast unreal vor. Hatte sie die Männer dort wirklich sitzen sehen?

Zwei große Glasflächen teilten sich lautlos und zogen sich wie von Geisterhand hinter ihr zu. Sie mochte diese transparenten Türen, die einem den Weg ins Freie ermöglichten, geradezu ermunterten hinauszugehen, sobald man dicht vor ihnen stand. Als wüssten sie, was als nächstes käme, eine Prophezeiung, die sich erfüllen würde.

Michael konnte das mit dem Engel nicht wissen, überlegte sie, sonst hätten sie bereits darüber gesprochen. Es schien ihr wichtig, ihm das sofort mitzuteilen. Sie war voller Energie und konnte es kaum erwarten, ihrem Bruder von Isen zu berichten.

Aber niemand öffnete ihr. Sie drückte noch einmal die Klingel. Vielleicht war er enttäuscht? Sie hatte ihm nicht gesagt, dass sie weggefahren war. Jetzt lief sie um das Haus und wollte im Innenhof nach ihm sehen.

Als sie durch das Werkstattfenster spähte, konnte sie ihn erkennen. Er stand über den Flügel gebeugt, und war in seine Arbeit versunken. Mit einem Vergolderpinsel trug er das hauchdünne Blattgold auf. Eine neue Haut, dachte sie, und klopfte an das Fenster.

Michael drehte sich um. Ein Lächeln fuhr in sein Gesicht, als er sie durch das Fenster erkannte. Sie war erleichtert, trat ein und umarmte ihn spontan. Sie konnte nicht anders, das erste Mal, seit vielen Jahren. Sie hielt ihn einfach fest, so dass er ihr nicht auskam.

Erst als Michael etwas in ihren wollenen Pullover murmelte, ließ sie ihn wieder los. Er wusste nicht, was das zu bedeuten hatte, warum seine Schwester sich so verhielt. Sie wirkte überdreht. Aber noch mehr interessierte ihn, wo sie die letzten Tage verbracht hatte.

Als er hörte, dass sie in Isen gewesen war, überlegte er, ob er die Briefe erwähnen sollte.

„Wir sollten gemeinsam nach Isen fahren“, hörte er sie sagen.

„Wozu?“

Sie lächelte und zuckte mit ihren Schultern.

Er willigte ein. „Doch jetzt habe ich keine Zeit.“

„Aber du musst dir da etwas ansehen. Es geht um unsere Familie.“

Michael wollte seine Arbeit nicht einfach so stehen lassen. Etwas genervt sah er seine Schwester an und meinte schließlich, er würde jetzt gerne weitermachen mit seiner Arbeit. Es täte ihm leid, aber er habe schlecht geschlafen und dann der Streit mit Sam und die ständige Nörgelei von Sophie. Er konnte nicht aus seiner Haut und sah Irene verzweifelt an.

Sie fühlte sich, als hätte sie jemand überfahren. Dann fragte sie vorsichtig: „Was ist denn mit Sam?“

„Neulich war er einfach nicht mehr zu ertragen. Hat er dir erzählt, dass ich ihn fast umgebracht habe?“

Sie traute sich nicht, nach dem Grund des Streits zu fragen. Es war seine Stimme, die plötzlich anders klang. Eine Enttäuschung oder sogar ein Vorwurf lag darin. Sie fühlte sich nicht wohl in ihrer Haut. Eben noch hatten sie Vertrauen gefunden, über Isen gesprochen, aber sie wollte nicht über die Affäre mit Sam reden, die keine war.

Michael ist so empfindlich manchmal, dachte sie. Jetzt konnte sie ihm auch nicht mehr sagen, dass sie mit Sophie gesprochen hatte. Sie gab in diesem Moment die Hoffnung auf, etwas wiedergutmachen zu können. So wie Michael den Flügel neu erschuf, wollte sie die Familie retten, zumindest was übrig war, sodass das Dunkle aus ihrer Erinnerung verschwinden konnte.

Zurück in ihrem Hotelzimmer öffnete sie die Flasche Wein, die sie im Kühlschrank entdeckt hatte, und schenkte sich ein Glas ein. Sie trank ihn wie kaltes Wasser und konnte nicht fassen, dass alles von einem Moment zum anderen vernichtet war.

Sie überlegte, ob sie Sam anrufen und ihn zur Rede stellen sollte, was da mit Michael und ihm geschehen war. Sie ärgerte sich über ihn. Sie hatte andere Sorgen und konnte keine neuen gebrauchen.

Sie nahm Stift und Block, die auf dem Tisch lagen, und kritzelte herum. Es waren Quadrate, die sie mit Linien verband, senkrecht, waagrecht, immerzu, bis das Papier vom heftigen Aufdruck durchschnitten war.

Als sie sah, was es zu werden begann, es war das Haus, in dem sie groß geworden war, wurde sie ruhiger. Sie holte ein neues Blatt hervor und fing noch einmal von vorne an. Sie begann mit dem oberen Stockwerk. Dann arbeitete sie sich nach unten, über

Etagen, Treppen, durch Türen bis in den Keller. Sie zeichnete Querschnitte, Grundrisse, im Maßstab 1:100, Wandlängen, Wandstärken, Tür- und Fensteröffnungen, ein Meter in der Natur zu einem Zentimeter auf Papier. Sie gab den Treppenantritt mit einem Kreis auf der Lauflinie an, Türen nach DIN mit der Öffnung nach links oder rechts sowie die Fenster in Höhe und Breite auf der Maßlinie.

Ein leises Klopfen an der Zimmertüre unterbrach sie. Sie brauchte eine Weile, bis sie begriff, dass dieses Klopfen nach ihr rief. Ein heftiger Schluckauf überfiel sie. Also hielt sie die Luft an, um ihn zu ersticken, und riss die Türe auf.

Michael sah Irene sprachlos an. War sie wütend auf ihn? Er überreichte ihr das Buch mit dem dunkelroten Einband, ohne eine Erklärung, wovon es handelte. Dann war er auch schon im Flur verschwunden.

Er hoffte, mit Urgroßvaters Briefen ihr Vertrauen wieder zu gewinnen. Er hätte vielleicht erwähnen sollen, dass mit Sam wieder alles in Ordnung war, sie nicht mehr stritten. Das alles jetzt noch nachzuschieben, war ihm unmöglich. Er wusste nicht, was er tun sollte, damit es ihr besser ging. Er hatte ihre Traurigkeit von Anfang an nicht verstehen können. Es war doch nicht seinetwegen. Da musste noch etwas anderes sein. Aber nachzubohren, das war nicht sein Ding. In diesem Zustand konnte er sie aber nicht gehen lassen. Wenn sie schon nicht miteinander reden konnten, dann sollte sie zumindest die Briefe lesen.

Sie nahm das Buch an sich. Ihre ganze Aufmerksamkeit richtete sich sofort darauf. Sie fühlte den Leineneinband in ihren Händen und ihre Fingerkuppen fuhren die senkrechten Rillen des harten Stoffes ab. An manchen Stellen war seine rote Farbe ausgeblichen.

In das Leinen war ein brauner Lederriemen eingenäht. Er verlief um das Buch wie ein Gürtel und konnte an der Stelle, an der die Seiten geöffnet werden sollten, gelöst werden. Das Leder fühlte sich weich an. Die vielen Falten verrieten, dass es unzählige Male schon in Gebrauch gewesen war.

Als sie es öffnen wollte, bemerkte sie, wie alles ins Rutschen kam. Die Seiten waren nicht gebunden. Es waren Briefe, die jemand mit einer sehr schönen und gleichmäßigen Handschrift auf Seidenpapier verfasst hatte.

Schnell wollte sie die Blätter wieder zu einem ordentlichen Stapel zusammenschieben. Eines, ziemlich weit hinten, stand immer noch über. Sie musste den ganzen Packen aufklappen, um das eine Blatt zurechtzurücken.

Es war der letzte Brief, den sie neugierig zu lesen begann.

1. August 1918

Lieber Vater,

ein Soldat denkt stets, dass er seine Pflicht getan hat. Wir werden zu Kriegshelden gemacht. Doch ich fühle mich verraten und missbraucht, weil mir keiner das Ausmaß der Schuld vorher erklärt hat.

Unter den Verwundeten gibt es zahlreiche, mitunter bis zur Unkenntlichkeit entstellte Invaliden. Wer wird sich um sie kümmern? Die Männer waren kaum erwachsen, und sie sangen wie Kinder ihre Lieder, als sie in den Krieg zogen.

Niemand wäre da hingegangen, niemand hätte von einem Sieg geträumt. Jetzt sind wir alle verloren, in der Hölle. Es ist egal geworden, ob man lebt oder stirbt.

Mir graut vor diesen starren Gesichtern, wenn sie mich jeden Morgen wecken, um mich an meine Schuld zu erinnern, die niemand in diesem Leben mehr abbüßen kann.

Lieber Vater, verzeiht mir, wenn ich Euch so rücksichtslos schreibe. Aber ich bin mir selbst so fremd geworden, dass ich befürchte, meine Heimat nicht mehr zu finden. Ihr wisst, in welch schrecklicher Zeit wir leben. Euer Vorteil ist, Ihr seid schon reif an Jahren und habt überlebt, obwohl auch Ihr mit dem Hunger aufgewachsen seid. Aber vielleicht hat dieser Notstand Euch stark gemacht.

Ihr seid Mensch geblieben und habt nicht nur über das eigene Stück Brot im Munde nachgedacht. Ihr seid Eurer Kinder eingedenk und habt über sie gewacht.

Wenn meine Hände nicht mehr so zittern, dann werde ich von Euch eine Büste anfertigen, von Eurem gütigen Gesicht. Ihr seid meine einzige Hoffnung, in Eurer Nähe kann ich vielleicht wieder ein Mensch werden.

Euer verlorener Sohn Max

*****

Irene parkte das Auto am Straßenrand. Hier wohnte sie und fühlte sich doch fremd. Der Kollwitzplatz hatte sich nicht verändert. Alles sah genauso aus wie immer. Es fiel ihr dennoch schwer, sich zu orientieren. Sie glaubte, jemand habe das Bild hastig übermalt. Sie brauchte Zeit, sich wieder an Berlin zu gewöhnen.

Der Briefkasten quoll über und sie nahm den Packen heraus. Ein Brief war von Birgit. Stephans Mutter erkundigte sich, wie es ihr ginge und wann sie nach Rügen kommen wolle. Das Meer, das Leben, es war zum Greifen nah.

Als sie Stephan erwähnte, fühlte sich Irenes Kopf heiß an, als hätte sie Fieber. Seitdem Stephan verschwunden war, hatte sie es nicht geschafft, mit Birgit zu telefonieren. Der Winter war dieses Jahr so lang. Als sie in die Wohnung trat, fühlte sie, wie allein sie war. Sie setzte sich auf das Sofa, das in dem ansonsten leergeräumten Zimmer stand. Die Nägel waren noch in der Wand. Seine Fotografien, Berliner Architektur, hatte sie in den Keller verbannt.

„Ein Raum muss frei sein", hörte sie Stephan sagen. Somit hatte sie auch die Möbel weggeräumt, die an ihn erinnerten und die sie nicht mehr brauchte.

Eine Zeit lang versuchte sie herauszufinden, was in dem Raum nun war oder nicht mehr war. Er schien ohne seinen Bewohner und ohne ein Gefühl weiter zu existieren.

Jenseits des Fensters sah sie das Denkmal der Käthe Kollwitz. „Wie lange wartet sie noch?“, dachte Irene. Nachts in der Grünanlage war Käthe für einen Fremden nur schwer zu erkennen. Viele wussten nicht einmal, wer sie war. Den Platz und eine Straße hatten sie nach ihr benannt. Ihr Haus war im Krieg zerstört worden, wie so viele Häuser in Berlin.

Irene dachte über diese beiden schrecklichen Kriege nach, die so dicht und grausam aufeinander gefolgt waren. Die Kollwitz hatte ihren Sohn im Krieg verloren. Mit ihrem Denkmal hatte man auch ihre Trauer verewigen wollen. Dieses Thema ließ Irene keine Ruhe. Der Krieg war in allen Familien. Großmutter hatte ihren Mann verloren. Und nun das Zeugnis ihres Urgroßvaters, der Soldat im Ersten. Weltkrieg gewesen war.

Sie trat auf die Terrasse und hörte ein Windspiel klirren, das von einem der unteren Balkone zu ihr herauf drang. Das Geläut schien wild geworden. Alle Harmonie war verloren. Nichts war mehr echt. Nur der Wind, er streichelte sie. Doch dann drückte er und zerrte an ihrem Haar, als wollte er sie hinabstoßen.

Sie suchte Schutz in dem kleinen Zimmer, in dem sich Stephans Schreibtisch und ein Bücherregal befanden. Die Literatur aus seiner Studienzeit hatte er aufgehoben, darunter vergriffene Exemplare über Architektur, herausgegeben in der DDR. Auch russische Publikationen waren dabei. In einer anderen Reihe standen Bücher aus neuerer Zeit sowie unzählige Bildbände mit Bauwerken aus aller Welt. In einem Karton sammelte er Skizzen. Sie sah sie durch. Manchmal waren sie hastig auf irgendein ausgerissenes Blockblatt oder auf ein Stück Küchenpapier gekritzelt worden.

Sie musste damit aufhören, wollte sie nicht wahnsinnig werden. Immer wieder hatte sie alles durchgesehen. Aber besonders diese kleinen Zeichnungen, seine Ideen und Vorlagen mochte sie.

Tags darauf fuhr Irene nach Rügen. Sie hielt es in Berlin nicht aus, musste ihre Gefühle bändigen, und ein Ortswechsel würde sie erlösen. Als sie über einen Hügel kam, bot sich ihr ein erster weiter Blick über die Bucht und das Meer, und sie erkannte einen winzigen Leuchtturm weit weg auf einem Felsvorsprung. Sie dachte an die Postkarten, die Stephan aus Rügen von seiner Mutter bekommen hatte.

Sie passierte prächtige Baumalleen und sah uralte Siedlungen, deren Häuser aus Granit und üppigen

Strohdächern die Jahrhunderte überlebt hatten. Die Küste war hier überall. Sie hielt an und ging in Richtung des blauen Horizonts. Diese Weite, in der es so viel Platz gab, dass sich ihr Schmerz tatsächlich klein anfühlte, machte sie nachdenklich.

Das Meer würde alles überdauern, die Bewegungen der Wellen niemals aufhören. Das Rauschen der Wellen beruhigte sie, ließen sie aufmerksam werden, als wären sie Kinder, die mit einem Drachen spielten, lachten und auf sie zu gerannt kamen. So fühlt sich Frieden an, dachte sie, ein Gleichgewicht, das alles zusammenfügte und ein Ganzes werden ließ. Und sie war mitten drin, in diesem unendlichen Raum. In diesem Moment gehörte er ihr.

Ihre blassen Füße fühlten den weichen Sand. Ihr ganzer Körper verlangte nach diesen Streicheleinheiten. Sie hob den Sand auf und ließ ihn über ihre Arme und in ihre Hände rieseln. Er war warm, wie auch der Wind, der über die salzige See kam. Jetzt fiel es ihr ein, woran sie diese Verletzlichkeit erinnerte: an eine törichte Verliebtheit. Wie lange war das her?

Als der Himmel langsam zuzog und die Sonne zu sinken begann, bestaunte sie die Sanftheit, die zwischen den Wolken, dem nachdunkelnden Horizont und dem windstillen Meer lag. Die Farben flossen ineinander, wuschen an einer Stelle aus und an anderer Stelle wurden sie intensiver. Das Bild leuchtete, je mehr es sank. Gelb wurde Orange, dann Hellrot. Die Farben mengten sich mit dem aufsteigenden Meeresdunst. Am Ende blühte eine purpurrote Orchidee noch einmal kurz auf. Das Licht eine Blume, das seine schönsten Farben im Erlöschen zeigte.

Das Seehotel mit seinen weißen Holzornamenten war geöffnet. Irene bezog ihr Zimmer und starrte von dort noch lange sehnsüchtig aus dem Fenster in die Nacht. Sie wollte hineinfallen und mit offenen Augen baden gehen.

Am nächsten Morgen wachte sie früh auf. Nach dem Frühstück ging sie gleich hinunter ans Ufer. Es war, als sei sie mit jemandem verabredet, der ihr sehr lieb war. Der Weg führte an einem Steilhang entlang, durchwachsen von Buchen. Nebel hielt sich an Ästen und Blättern fest, als wollte er das wahre Bild verbergen.

Sie suchte Steine unterhalb der weißen, schroff aufsteigenden Kreidefelsen, die wie Milchzähne aussahen. Man sagte ihr, dort könnte sie mit ein bisschen Glück Bernstein finden. Was konnte sie hier auch anderes tun, als auf Entdeckungsreise zu gehen, und so griff sie nach den roten, braunen und grauen Steinen. Einige waren aufgeschlagen und hatten im Inneren eine schwarz schimmernde, glatte Fläche. Manche waren durchlöchert.

In einem Reiseführer hatte sie gelesen, es seien Feuersteinknollen mit Kreideeinlagerungen. Etwas Lebendiges war einmal in ihnen eingeschlossen gewesen. Wind und Wasser hatten sich daran gerieben, bis ein Loch entstanden war. Der Legende nach sollen diese Steine vor Geistern schützen.

Irene steckte die schönsten Exemplare in ihre Tasche. Das Meer schäumte in den Zwischenräumen der großen Granitsteine. Es blieb seit seiner Entstehung keine Sekunde still.

Zurück im Hotel klingelte ihr Handy. Sie sah, dass es ihr Bruder war und nahm das Gespräch an.

„Kommst du nach München? Der Engel ist fertig und die Einweihungsfeier ist übernächste Woche."

Er wirkte ausgelassen, überraschend offen. Etwas musste geschehen sein.

„Du kannst bei mir wohnen, dann sparst du dir die Hotelkosten. Und außerdem, ich werde Papa!"

„Das sind ja Neuigkeiten. Ich gratuliere dir. Und wie geht es Sophie? Im wievielten Monat ist sie?"

„Ihr geht es gut. Sie ist bereits im fünften Monat und hat mir bis jetzt nichts erzählt. Das musst du dir mal vorstellen. Es war meine Schuld. Unsere Beziehung war nicht die beste."

„Wollt ihr zusammenziehen?"

„Ich denke schon. Aber frag mich nicht, wie wir das alles machen werden. Vielleicht muss ich die

Werkstatt umbauen. Es wird sicher eine Lösung geben. Ein Rat von einer Architektin kann da nicht schaden."

Nachdem Michael aufgelegt hatte, rief sie Stephans Mutter an. Birgit lud sie zum Tee am Nachmittag ein.

Das Haus am Meer war nicht zu verfehlen. Es gab nur eine Straße in dem kleinen Ort. Stephans Mutter wartete bereits an der Tür. Die Frauen begrüßten sich.

„Es ist gut, Kind, dass du gekommen bist", meinte Birgit aufgeregt und servierte einen kräftigen Schwarztee mit einem Schuss Milch und viel Zucker. Dazu gab es selbstgebackenen Kuchen. Sie saßen auf alten Stühlen an einem Eichentisch und unterhielten sich über das Wetter und über die Gefahren an den Hängen der Kreidefelsen:

„Immer wieder kommt es vor, dass sich Brocken lösen", meinte Birgit. „Deshalb die vielen Warnschilder. Doch die beachtet leider niemand."

Irene war unruhig und fragte: „Was ist mit Stephan?"

Birgit tat so, als sei sie ein wenig schwerhörig und holte die Fotoalben. Es waren Kinderbilder, am Meer aufgenommen. Auch ein Klassenfoto war dabei. Da war sein Gesicht und neben ihm das eines anderen Jungen.

„Sein bester Freund Richard. Sie haben gemeinsam an der Bauakademie studiert", sagte Birgit und blätterte weiter. Neue Bilder tauchten auf:

„Mein Mann war Fischer. Er hat seinen Beruf damals aufgegeben, weil wir nach Berlin umsiedeln mussten. Ich war Sekretärin in einer Lebensmittelfirma und verdiente mehr als er. Deshalb entschieden mein Mann und ich von Rügen wegzugehen. Doch die Urlaube verbrachten wir hier, damals, als meine Eltern noch in dem Haus lebten. Nach der Wende bin ich dann zurückgezogen. Ziemlich einsam ist es hier."

Stephan hatte wenig von seiner Kindheit erzählt. So war er nun mal. Sie war ja ebenso schweigsam, was die Familie betraf. Doch jetzt interessierte sie die Vergangenheit nicht mehr. Sie wurde ungeduldig, sah auf die Uhr. Sie wollte den letzten Bus nicht verpassen. Dann hörte sie, wie Birgit sagte:

„Bitte sei ihm nicht böse, er versucht die alten Geister loszuwerden."

„Meinst du mich?"

„Nein, mein Kind, dich trifft es zwar, aber du bist nicht gemeint. Es ist die Sache mit Richard, sein Gewissen."

Birgit fuhr fort: „Ja, er hatte mich angerufen. Er sagte, das Krankenhaus sei fertig, aber er könne nicht mehr nach Berlin zurückkehren."

Irene hörte aufmerksam zu, aber Birgit schweifte schon wieder ab und erzählte in allen Einzelheiten vom Studium und von der Zeit in der DDR.

„Warum will Stephan nicht nach Berlin zurück?"

Nach einer Pause sagte Birgit schließlich: „Richard ist wieder aufgetaucht. Stephan ist ihm in München auf der Baustelle begegnet. Damit hatte er nicht gerechnet."

„Das ist also der Grund, weshalb er sich nicht mehr bei mir gemeldet hat?", fragte Irene ungläubig.

Birgit schloss Irene in ihre Arme. Dann meinte sie noch, „Stephan will, dass du das Appartement bekommst. Er klang sehr besorgt wegen dir."

Irene fuhr nach Berlin zurück. Sie heulte und fluchte während der ganzen Fahrt. „Wieso das Appartement? Ist er völlig verrückt geworden?" In Berlin wollte sie jedenfalls nicht mehr wohnen. Sie musste hier weg und diesem Warten ein Ende machen. Doch sie schreckte vor der Eile zurück.

Eine Woche verbrachte sie mit Aufräumen. Wie sinnlos das alles war. Sie brauchte zu allererst einen Job, durchstöberte das Internet nach Architekturbüros, die sie anschreiben könnte. Für aufwendige Bewerbungen hatte sie keine Geduld. Sie hoffte, sie bekäme einen Vorstellungstermin, wenn sie einfach nur eine E-Mail schickte.

Sie dachte an die Zeit, als sie mit Stephan arbeitete und er sie immer wieder darin bestärkte. Er meinte, sie brauche die zwei Jahre, um in die Architektenkammer aufgenommen zu werden. Er wusste immer alles besser.

Kurz vor ihrer Abreise nach München wollte sie noch auf die Dachterrasse am Alexanderplatz. Der Lift trug sie hinauf in das siebenunddreißigste Stockwerk. Er hatte ihr von dort oben die Stadt gezeigt und sie dann geküsst.

Sie kämpfte mit den Tränen. Wut stieg in ihr hoch, immer dann, wenn sie sich dazu ermahnte, vernünftig zu sein. Sie hatte Lust, ihm eine böse SMS zu schreiben. Sicherheitshalber hatte sie seine Nummer gelöscht. Sie war es jetzt, die ihn verließ, und blickte hinunter auf den Potsdamer Platz. Das Ende der Welt, hier geht es nicht weiter, sagte sie sich.

*****

Stephan war froh, dass er Puma hatte. Er half ihm, seine Wohnung einzurichten. Langsam war sein Haushalt komplett. Auf Puma konnte er sich verlassen. Er war auch, und das wusste Stephan sehr zu schätzen, ein geschickter Vermittler, wenn neue

Anweisungen von März kamen und Stephan reagieren musste.

Eine Zeit lang war er davon überzeugt gewesen, dass März ihn mit Hilfe des Jungen überwachen ließ. Puma hatte sich jedoch gegen diese Vermutung gewehrt, als Stephan ihn darauf angesprochen hatte. Und dann, eines Tages, gestand Puma, dass es doch so war. Von da an war zwischen den beiden das Eis geschmolzen.

„Ich fahre dich“, sagte er, „weiter nichts.“

„Schon gut, niemand beschuldigt dich. Aber mich würde schon interessieren, was März hier wirklich sucht.“

Am selben Abend noch fuhr er zum Einkaufszentrum. Er fand problemlos einen Stellplatz im Parkhaus und lief an den geschlossenen Läden entlang. Dann fand er das Lokal, in dem er März, alias Richard, zu treffen hoffte. Puma hatte ihm die Adresse genannt.

An den Tresen saßen Männer vor ihrem Bier, nippten gelegentlich daran, während sie auf den Monitor gegenüber stierten. Manchmal gaben sie ein kollektives Stöhnen von sich. Schalke gegen Borussia Dortmund. Die gelbe Mannschaft führte 1:0. Gerade war das Gegentor gefallen. Die Zuschauer heulten auf.

Stephan sah, dass sich unter den Gästen auch einige seiner Arbeiter befanden. Sie hatten ihn bemerkt, taten aber so, als gäbe es ihn nicht. Es ist ihr Wochenende, sagte er sich. Dann entdeckte er Richard an einem Tisch.

Als Stephan einfach neben ihm Platz nahm, meinte dieser: „Schon was gegessen? Die haben hier einen sehr guten Schweinebraten."

Stephan war überrascht, dass er ihn plötzlich so freundlich ansprach. Er war sich immer noch nicht sicher, ob es nun März oder Richard war, der da mit ihm redete. Schließlich sagte Stephan, er müsse etwas klarstellen.

„Geht es um das Krankenhaus? Bist du nicht froh, dass du den Auftrag bekommen hast?", fragte Richard.

„Richard, wo hast du all die Jahre gesteckt? Du warst wie vom Erdboden verschluckt."

„Ich war lange im Ausland", entschuldigte sich Richard.

„Ich habe dich nach meiner Haftentlassung gesucht. Ich hatte gegen dich ausgesagt. Ich wünschte, ich könnte das wieder gut machen."

„Beruhige dich, ich war nicht im Gefängnis. Sie hatten mich für ein Projekt eingeteilt, das im Westen lag. Sie hatten mir die Wahl gelassen: Gefängnis oder Stasi."

„Was war das für ein Projekt?"

„Sie haben ganz Westberlin überwachen lassen, die Wahnsinnigen. Und ich habe mich dazu überreden lassen."

Richard lachte jetzt und meinte noch: „Stell dir vor, ich habe als Architekt im Westen gearbeitet."

„Und dort warst du März", schlussfolgerte Stephan.

„So ist es. Das ist der Preis. Ich kann diesen Namen nicht mehr ablegen."

„Hast du jemanden auf dem Gewissen?"

„Ich habe niemanden umgebracht. So etwas tue ich nicht. Allerdings habe ich Informationen weitergegeben. Ehrlich gesagt, weiß ich nicht, was aus den Personen geworden ist, die ich damals bespitzelt habe. Nach der Wende bin ich dann eine Zeit lang in China gewesen. Damals fing dort der Bauboom an. Ich war nach der ganzen Sache ziemlich paranoid. Natürlich war ich froh, dass es die DDR nicht mehr gab. Ich fühlte mich von einer Last befreit. Doch ich wusste nicht, ob mich jemand suchte, weil ich vielleicht auf irgendeiner Liste stand. Erst als ich hörte, dass die Stasi meine Akte verbrannt hatte, traute ich mich in die BRD zurück."

Richard wurde plötzlich still und sagte etwas irritiert: „Haben sie dir denn kein Angebot gemacht?"

„Nein. Ich hätte es auch abgelehnt."

„Ja", sagte Richard, „du hast die Welt klar gesehen, warst unbestechlich, aber ich versuchte damals schlicht zu überleben. Die hätten mich im Gefängnis fertiggemacht."

„Und was willst du nun von mir?", fragte Stephan gereizt.

„Vielleicht will ich endlich mit jemanden darüber reden", gab Richard zu. „Ich bin es leid, März zu sein."

„Ich weiß aber nicht, was wir uns noch zu sagen haben."

All die Jahre hatte er sich Vorwürfe gemacht, weil er glaubte, dass Richard wegen ihm im Gefängnis säße.

„Meine Güte, war es das wert?", schimpfte Stephan.

„Ich war feige", gab Richard zu.

Stephan konnte es nachvollziehen. Auch er war feige gewesen, als er seinen Fluchtversuch auf Richard geschoben hatte. Natürlich hatte ihm das niemand abgekauft. Und nach seiner Entlassung hatte auch er sich eine neue Identität zugelegt, wenn auch mit gleichem Namen. Er führte das Leben nach der Wende wie einer, der keine Vergangenheit besaß. Und Irene hatte es ihm ermöglicht, das Schlimmste zu vergessen.

„Dann mach jetzt dem Spuk ein Ende", schlug Stephan vor.

„Wie soll ich das anstellen?“, wandte Richard ein.

„Wirf deinen jetzigen Ausweis weg und beantrage einen neuen mit deinem richtigen Namen“, schlug Stephan vor.

*****

An einem frühen Montagmorgen stieg Michael mit Stürz den Treppenturm hoch. Sie mussten auf knappe siebenunddreißig Meter. Es war nicht das erste Mal, dass Michael auf ein Gerüst kletterte. In früheren Jahren liebte er diese Gefahr. Jetzt stellte er fest, dass er nicht mehr ganz schwindelfrei war.

Das freistehende Gerüst geriet leicht ins Schwanken. Je höher sie kamen, desto stärker schlug der Wind gegen die Plane. Eine Verankerung am Denkmal schien nicht möglich, da die Friedenssäule innen hohl war und man sie nicht mit zusätzlichem Gewicht belasten konnte. Doch Michael wusste, ihm würde nichts passieren, denn die schweren Gitterträger rund um den Sockel sorgten für Stabilität.

Während des Aufbaus hatte er beobachtet, wie fünf Männer die Bühne aufgestellt hatten und das Gerüst um die Säule mit Treppenturm im Nu hochzogen. Das Baureferat Hochbau I, dem auch das

Referat für Stadtbildpflege angehörte, für das Stürz arbeitete, hatte den Auftrag gegeben.

Michael umkreiste den Engel auf jeder Etage, um ihn zu begutachten. Es kam ihm eigenartig vor, dem Engelskörper so nahe zu sein und in dessen Gewandfalten zu blicken. Auch hatte er seinen Fotoapparat dabei und wollte die verdächtigen Stellen ablichten. Zuhause an seinem Bildschirm konnte er die Bilder dann vergrößern und Oxydationsschäden und kleinste Risse erkennen, die mit dem bloßen Auge nicht zu sehen waren.

Er stieg noch eine Etage höher. Es war die letzte. In dieser Höhe war das Denkmal einer Art Dauerschwingung ausgesetzt. Er sah jetzt in ein goldenes Gesicht, dessen Augen ihm überproportional groß erschienen. Doch er wusste, wenn man von unten nach oben sah, dann war alles doch richtig, und er stellte sich vor, wie Max dieses Engelsgesicht mit seinen Händen geformt hatte.

23. November 1898

Sehr geehrter Vater,

in München hat es stark geschneit. All die vielen Straßen müssen geräumt werden. Wie sieht es wohl in Isen aus? In der Vorweihnachtszeit kann ich den Schnee gut leiden. Ich erinnere mich noch an das Rutschen mit meinen glatten Sohlen auf den Straßen, ans Schlittenfahren und natürlich an die Schneeballschlachten hinterm Schulhaus. Erst, wenn mir die Finger und Zehen von der Kälte wehtaten, ging ich nach Haus.

Wegen des vielen Schnees haben wir heute den Arbeitern freigegeben. Die sollen sich mal richtig ausruhen. Im Verzug liegen wir nach wie vor. Diesmal sind aber wir nicht schuld. Erzgießer Ferdinand von Miller teilte uns mit, er benötige mindestens vier Monate für den Bronzeguss.

Georg schimpfte, weil der Aufstellungstermin sich nochmals verzögern würde. Der Genius scheint uns allen über den Kopf zu wachsen. Unsere ersten Versuchsengel waren klein. Die konnte man ansehen, ohne sich den Hals zu verrenken. Aber jetzt haben wir es mit einem Riesen zu tun.

Eine nur halb so große Figur, identisch im Aussehen wie die, die derzeit gegossen wird, steht noch in Heinrichs Atelier. Sie diente uns als Vorlage. Für mich ist sie jedoch das Original. Nach ihr fertigten wir die großen

Puzzleteile an. Im Schein der Petroleumlampe hatte ich tatsächlich einmal das Gefühl, dass sich der Engel bewegt. Aber es war nur der Schatten einer Motte, die um das Licht flatterte.

Das große Gipsmodell wollen sie im Glaspalast aufstellen, in dem auch die internationalen Kunstausstellungen stattfinden. Der Engel wird dann mit elektrischem Licht beleuchtet sein.

Aber es wird auch eine Zeit kommen, da wird das Modell keine Bedeutung mehr haben. Vielleicht werden sie den Gipskopf und einen Flügel behalten und zu den anderen Arbeiten in die Replikensammlung stellen.

Der goldene Engel wird jedenfalls seinen festen Platz in München bekommen. So schnell lässt er sich von der hohen Säule nicht mehr runterholen.

Lieber Vater, wir sehen uns zum Weihnachtsfest. Darauf freue ich mich schon die ganze Zeit. Grüßt alle von mir. Und lasst mich wissen, wenn Ihr etwas benötigt, das ich Euch aus München mitbringen darf.

Euer Max

*****

Michael suchte jeden Zentimeter ab. Er verließ sich nicht auf das Gutachten von Stürz. Daher fotografierte er jedes Detail, auch die Hand mit dem Olivenzweig, das wohl filigranste Artefakt am ganzen Monument, und den Flügel, der unversehrt an der rechten Schulter steil in den Himmel ragte. Dann sah er sich die Abrisskante am Rücken an, wo der linke Flügel abgebrochen war. Da klaffte ein großes schwarzes Loch.

Die Luft in diesem Körper war all die Jahre immer die Gleiche geblieben, seit seiner Entstehung, die Atmosphäre des beginnenden 19. Jahrhunderts. Und nun war diese Luft entwichen und hatte sich mit dem Hier und Jetzt vermischt, sinnierte Michael.

Der neue Flügel wird die Stelle wieder schließen, beruhigte er sich. Mit einem Hebekran mussten sie ihn in die Höhe tragen und an die entsprechende Position setzen, an der Michael ihn festschweißen würde. Das war Millimeterarbeit und ganz schön heikel. Bei der Montage musste er aufpassen, damit die Figur nichts abbekam. Präzise ging das nur mit einem WIG-Schweißgerät. Nach dem Erkalten müssten die Nahtstellen glattgeschliffen und mit hochkarätigem Blattgold veredelt werden. Über alles kam ein Schutzmittel aus Acrylharzlack. Wäre mehr Zeit, würde er die ganze Statue reinigen, damit das Metall nicht so schnell verwitterte.

Als Michael hörte, wie sich Stürz verabschieden wollte, und wieder dieser selbstgerechte Herrscherton in seiner Stimme mitschwang, da konnte er sich nicht mehr zurückhalten.

„Wieso lügen Sie mich ständig an?"

„Meinen Sie etwa mich?", protestierte Stürz empört.

„Sie wissen schon, was ich meine. Und sobald der Zirkus hier zu Ende ist, werde ich mich an Ihre Vorgesetzten wenden."

„Aber die sind doch an allem schuld!", schrie der Beamte. „Die haben doch nie Geld für aufwändige Gutachten und Restaurationen. Und dann die hohen Auflagen. Es gibt immer einen, der dagegen stimmt. Es könnte ja bei der Restaurierung etwas kaputt gehen." Er schnappte nach Luft und schimpfte weiter: „Und bis die sich dann zu etwas entschieden haben, ist es zu spät."

Mit erschöpfter Stimme fuhr er fort, man habe ihm Unrecht getan und jahrzehntelang seine Beförderung sabotiert. Immer gab es einen, der vor ihm dran war, seit dreißig Jahren, obwohl er sich so eingesetzt hatte.

Auf Michaels Frage, warum der Flügel des Engels abgefallen war, gab er es schließlich zu.

„Bei der letzten Inspektion sind mir die Risse zwischen Schulter und Flügel aufgefallen. Die Nieten waren durchgerostet. – Aber ich konnte mich ja nicht mehr bewegen. Ich hatte einen Bandscheibenvorfall, am selbigen Tag, noch während der Inspektion. Das waren höllische Schmerzen, und das hoch oben auf dem Gerüst. Allein wäre ich da nicht mehr runtergekommen. Sie mussten den Notarzt rufen. Als die mir dann diese Spritzen verpassten, blendete ich alles andere aus! – Verstehen Sie mich nicht falsch", sagte er, „mir ist der Engel das liebste Denkmal in München, und deshalb wollte ich ja den Bericht schreiben. Aber nachdem der Flügel schon mal ab war, erschien es mir unnötig, sich da noch Arbeit zu machen."

Michael ließ nicht locker: „Und warum die Einschüsse, die es nicht gegeben hat?"

Stürz starrte vor sich hin, als habe er nichts gehört. Seine Augen wirkten wie versteinert. Er hustete.

„Natürlich gab es keine Einschüsse. Jedes Silvester schießen Idioten mit scharfer Munition um sich. Ich dachte, wenn ich das der Presse mitteile, dann würde endlich mal bekannt, wie gefährlich diese alljährlichen Partys am Friedensdenkmal sind. Und außerdem musste ich den Ruf des Denkmalamtes retten."

Michael war müde und wollte diese unglückliche Diskussion endlich beenden. Als er ihm den Rücken zugewandte und gehen wollte, hörte er Stürz klagen:

„Ich kann mich doch auf Sie verlassen?“

Diesmal klang es wie eine verzweifelte Bitte. Plötzlich tat Michael dieser Mann leid. Diese Geschichte hatte ihm zugesetzt. Es löste sich ein Kloß in seiner Brust, der ihn schon so viele Jahre belastet hatte. Er verstand, dass man sich in etwas verrennen konnte und aus Verzweiflung handelte. Stürz schien ein Opfer seiner Bandscheiben und seines Eifers zu sein.

Michael war übel, als habe er etwas Schlechtes gegessen. War er seekrank? Er wollte schnell hinunter und das schaukelnde Gerüst verlassen. Zurück auf der Erde fühlte er sich gleich viel besser. Er würde den Beamten nicht weiter verfolgen und Stürz Geständnis für sich behalten.

In der Werkstatt schaltete er sofort den Computer an und lud die Bilder hoch. An die hundert Fotos sah er sich immer wieder durch, vergrößerte sie, bis nur mehr goldene Pixel sichtbar waren.

Sein Magen knurrte. Michael gab nicht auf, ehe er nicht damit fertig war. Die Zeit rannte ihm davon. Essen konnte er auch noch morgen. Er wusste zu gut, dass er eine mögliche weitere Restauration nur im Schutz der Bauplane durchführen konnte. Lohn würde er für diese Geheimoperation nicht verlangen können. Doch dem Engel schien bis auf einen Flügel nichts zu fehlen. Auf keinem der Fotos hatte er etwas finden können.

Er war erleichtert und hatte nur mehr einen Gedanken: Sophie. Er wollte zu ihr. Aber was würde sie von ihm denken, wenn er nachts plötzlich vor ihrer Türe stand?

Er wollte sie berühren, aber er wusste nicht wie, jetzt, da sie in anderen Umständen war. Und ständig musste er an das Kind denken. Wie soll es nur heißen?

Sicher schlief sie schon. Nur ansehen wollte er sie. Nie war ihm ihre Schönheit so sehr bewusst gewesen. Ihr Haar wuchs dicht, schwarz und lang. Es fiel ihr über schmale Schultern auf kleine Brüste. Könnte er sie jetzt nur berühren. Doch da war dieser Bauch. Diese Vorstellung, dass sich darin etwas verbarg, das von ihm stammte, verwirrte ihn. Es war ein Schatz, der geboren werden wollte.

*****

Seinen Atelierschlüssel hatte er Irene überlassen. Michael wollte solange bei Sophie wohnen. Nur tagsüber musste er in seine Werkstatt.

„Ich muss mir bald was einfallen lassen", meinte er. „Ich brauche ein Kinderzimmer. Die Werkstatt verlege ich in den Schuppen. Wird zwar etwas eng, aber extra neu mieten, dazu fehlt mir das Geld."

Irene versicherte ihm: „Wir kriegen das schon hin, mach dir keine Sorgen."

Sie wurden durch die Hausklingel unterbrochen. Als Michael zurückkam, stand Sam neben ihm. Ungläubig und ein wenig vorwurfsvoll sah er Irene an, als habe sie ihm großes Unrecht getan.

„Ich lass euch dann mal kurz allein", meinte Michael. „Muss zum Engel, die letzten Vorbereitungen für morgen ..."

„Soll ich nicht mitkommen?", meinte Sam.

„Nee, lass mal gut sein. Das schaff ich allein."

Als Michael gegangen war, versuchte Sam Irene klar zu machen, dass er nicht wegen ihr hier war. „Aber du hättest nicht so schnell abreisen dürfen. – Ich bin mir nicht sicher, ob ich noch weiter mit dir reden will. Klüger wäre es zu gehen."

„Komm, setz dich", sagte sie, „ich muss dir etwas erklären."

„Nein, danke."

„Hast du denn niemals Schutz gesucht, bei jemandem, der dir das Gefühl gab, am Leben zu sein?"

„Nein, nie."

Es lag nicht an ihm, gestand sie sich ein, warum sie diese Nähe gesucht hatte. Sie konnte es sich nicht erklären. Es war ein Gefühl von Sinnlosigkeit, das sie damals verführte, die Dinge leichter zu nehmen.

Und doch, er hatte etwas von Stephan, auch wenn beide grundverschieden waren. Vielleicht, weil Sam zufällig zu dem Zeitpunkt in ihr Leben getreten war, als sie Stephan am stärksten vermisste. Deshalb mochte sie Sam und war ihm dankbar.

„Du lebst doch ganz gut ohne mich“, fuhr er sie an. „Du reist von München nach Berlin und wieder zurück und stehst da, als sei nichts geschehen. Du bist ohne Gefühl.“

„Ich liebe einen anderen.“

„Jetzt verstehe ich. Wo ist der Typ? Du hast ihn mir noch nicht vorgestellt.“

„Es ist vorbei. Ich habe keinen Kontakt mehr zu ihm.“

Sie war bei dem letzten Satz auf dem Sofa zusammengesunken. Sam überlegte, ob er etwas Falsches gesagt hatte. Ihr Gesicht war nicht mehr zu sehen. Weinte sie? Ihre Stirn lag auf ihren Unterarmen, die sie auf ihre Knie gelegt hatte.

Er setzte sich zu ihr, suchte ihre Hand, hielt sie lange fest und meinte: „Er wird zurückkommen.“

„Ich glaube nicht“, hörte er sie schluchzen.

Er nahm sie in die Arme und wartete. Als sie sich wieder aufgerichtet hatte, schien sie wie ausgewechselt und irgendwie ernüchtert.

„Ihm ist nichts passiert, im Gegenteil, er ...“

„Was denn?“

„Es geht mir jetzt wieder gut. Lass uns über etwas anderes reden."

„Wirklich? Du weißt, ich bin für dich da."

„Okay Sam, ich danke dir vielmals."

„Na gut, dann komm morgen zum Konzert", meinte er.

„Ich weiß nicht."

„Es wird dich ablenken. Du hast die einmalige Gelegenheit, mich spielen zu hören. Du kannst dabei auch hemmungslos schreien, wenn du willst. Niemand hört dich in dem Lärm. Es wird ziemlich laut werden. Ist eine Möglichkeit, die Durchblutung und Atmung zu aktivieren. Du wirst sehen, wie gut dir das tun wird. Eine Menge Stresshormone werden freigesetzt."

„Du spinnst. Aber vielleicht hast du Recht."

„Irene, ich will, dass wir Freunde bleiben."

„Und wann gehen wir deine Mutter besuchen?", fragte sie, um das Thema wechseln zu können.

„Ich war sie schon besuchen. Habe mir einfach vorgestellt, du wärst dabei. Es war ganz leicht. Natürlich stand ich ewig vor ihrer Tür, bis ich den Mut hatte, zu klingeln.

Sie wohnt im 4. Stock in so ´nem 70er-Jahre-Bau mit kleinen Fenstern und Balkonen. Doch zu meiner Verwunderung wuchs auf Mutters Balkon grüner Salat. Eigentlich hielt ich es nur auf ihrem Balkon aus. In ihrem winzigen Wohnzimmer blieb ich nur kurz sitzen, obwohl sie dort gedeckt hatte. War schon komisch für mich. Eigentlich ist sie nur fünfzehn Jahre älter als ich. Kaum vorstellbar.

Als ich gehen wollte, packte sie mir den Salat in Zeitungspapier. Sie meinte, wenn ich wieder einen bräuchte, dann sollte ich kommen. Nun, ich weiß noch nicht, wie oft ich Salat essen werde und wie es mit Mutter weitergeht. Eigentlich war es ganz nett mit ihr. Ich hatte mir das alles viel schlimmer vorgestellt."

****

Der Platz rund um das Friedensdenkmal war bevölkert. Viele Besucher trugen Tracht, besonders die Kriegsveteranen mit ihren schmucken Fahnen und Bannern.

Auf dem Podium unter weißen Sonnenschirmen saßen die Ehrengäste, bayerische Minister sowie eine Delegation aus Frankreich. Die Ansprache des Bürgermeisters schallte über die Häupter, gefolgt von einer Rede über die deutsch-französische Freundschaft sowie die Errungenschaften der Europäischen Union. Das seien die Zeichen des Friedens.

Über die Brust des Engels hatten sie ein Europabanner gelegt, mit goldenen Sternen auf dunkelblauem Samt. Er wirkte jetzt wie ein Verbündeter. Mit neuem Flügel, bestaunt von Tausenden, stand der Engel auf seiner Säule. Die Festbesucher applaudierten, schwitzten bei hochsommerlichen Temperaturen und schossen unzählige Fotos in den Himmel. Alle starrten sie den Genius an, als wäre er in diesem Moment gelandet, um diesem menschlichen Bedürfnis nach einer heilen Welt beizuwohnen.

Sam stand neben Irene. Er war aufgekratzt und witzelte über die Politiker, wie sie sich wieder herausgeputzt hatten, Saubermänner, die gerne blendeten und solche Veranstaltungen für ihre Zwecke geschickt einzusetzen wussten. Er störte sich auch an der aufdringlichen Werbung eines Autokonzerns, der seine neue Limousine als Engelsklasse bezeichnete.

„Es gibt keinen öffentlichen Platz mehr, der nicht zur Werbefläche wird."

Irene gab Sam Recht: „Die Autowerbung ist echt geschmacklos."

„Sie haben den Engel einfach zur Werbefigur gemacht."

Irene kam das Sony Center und auch das Quartier Daimler Chrysler am Potsdamer Platz in den Sinn. Es hieß, die Städte der Welt konkurrieren untereinander. Sie täuschten vor, global attraktiv bleiben zu wollen. Aber es war vielmehr ein Wettrüsten der Giganten. Ein jeder will sein Denkmal haben.

Die Blaskapelle lärmte, spielte die Bayernhymne, dann die Europahymne und Schillers Ode an die Freude:

Deine Zauber binden wieder, was die Mode streng geteilt; alle Menschen werden Brüder, wo dein sanfter Flügel weilt.

Irene beobachtete Sophie, wie sie ihre Shirts verkaufte. Die kurzärmeligen Hemdchen hatte sie auf einem Biertisch nach Größen ausgelegt. An die Kinder hatte sie gedacht, die vielleicht auch ein Flügel-Shirt wollten und entsprechend kleine Größen angefertigt. Die Nachfrage war groß, denn sie hatte die geniale Idee gehabt, einen Flügel aus Swarowski-Glitzersteinchen auf Baumwolle zu drucken. Es sollte vor allem eine Überraschung für Michael werden. Die war ihr gelungen.

Stolz trug er ihr Shirt. Er hatte sich um eine Verkaufsgenehmigung bemüht. Einen Tisch hatte er aufstellen dürfen, geschützt am Rande und doch ganz vorne, dank der Hilfe von Stürz. An diesem Tag suchte Michael vergeblich nach ihm. Er hatte ihn nicht entdeckt unter den Männern, die den Bürgermeister umgaben. Es war doch alles gut gegangen, dachte er. Aber er konnte auch gut verstehen, wenn Stürz es vorzog, sich zurückzuziehen.

Die französische Hymne wurde gespielt. Politiker traten ans Mikrofon und betonten, wie eng und wichtig die kulturelle und wirtschaftliche Zusammenarbeit der beiden Länder sei. Und auch das Kirchenritual vollzog sich. Ministranten schwenkten Weihrauchschalen. Der Kardinal der Erzdiözese München und Freising gab seinen Segen. Zuletzt hatte er noch der Menschen gedacht, die Not litten, und zur Nächstenliebe und humanitären Hilfe aufgerufen.

Irene dachte an ihren Urgroßvater. Es war ihr, als hätte er an sie all die Briefe geschrieben. Wie es wohl damals für ihn gewesen sein musste, als das Denkmal zum ersten Mal der Öffentlichkeit präsentiert wurde? Davon gab es kein Zeugnis. Sein Vater, an den er die Briefe richtete, war sicher unter den Gästen gewesen, so wie sie jetzt. Sie stellte es sich vor, wie glücklich und erleichtert Max bei der Vollendung dieses Denkmals gewesen sein musste, und dies mit seiner Familie teilen konnte.

1. Mai 1899

Lieber Vater,

die Enthüllung des Friedensdenkmals wird am 16. Juli sein. Ich freue mich sehr auf Euer Kommen. Es ist gleichermaßen der 28. Jahrestag des Einzugs der bayerischen Truppen, die aus dem Krieg heimkehrten. Bürgermeister Wilhelm von Borscht wird die Ansprache halten. Seine Gäste sind Prinz Luitpold von Bayern und Fürst von Bismarck, der eigens von Berlin anreist.

München wird glänzen. Wenn die Fanfare erklingt, werden wir das Podest besteigen. Es ist dann gut zu wissen, wenn Ihr in meiner Nähe seid.

Der Engel gehört dann allen Bürgern und Reisenden, die in unser schönes Bayern kommen.

Noch sind wir mit der Arbeit am Denkmal nicht ganz fertig. Das Dach der Halle muss gedeckt und der Boden gepflastert werden. Und wenn das Hallengerüst abgebaut ist, tragen wir den Zementgrund für die Mosaiken auf. Das bunte Glas kommt aus Murano, ebenso wie die italienischen Mosaizisten, die für uns die Einlegearbeiten übernehmen. Dazu lerne ich etwas Italienisch. Mit einem Lexikon, dem kleinen Meier, kann ich mich den Venezianern verständlich machen. Auch wächst in mir der Wunsch, irgendwann einmal in das Land der Zitronen zu reisen. Ihr ward ja schon dort. Italien muss herrlich sein. Es ist reich an Kunstschätzen. Doch zuerst will ich heimkehren, in mein liebliches, fruchtbares Isental, mit seinen waldigen Hügeln. Was für Hoffnungen, was für Entwürfe, die der Mensch, der flüchtige Sohn der Stunde, aufbaut, auf heimatlichem Grunde.

Euer Sohn Max

*****

Michael lief durch die Menschenmenge, glaubte, ihn entdeckt zu haben. Es war der Mann mit dem Hut, der mitten unter den Zuschauern stand, sich nicht bewegte und gebannt auf den Engel blickte. Michael eilte in seine Richtung, doch Menschen versperrten ihm den Weg. Sie wichen nur ungern von ihren Plätzen, als könnten sie etwas verpassen. Er sah den Mann näher kommen, doch dann war er verschwunden. Vielleicht hatte er seinen Hut abgenommen?

Als er sich an der Stelle wähnte, wo er gestanden haben musste, blickte Michael in fremde Gesichter. Er versuchte sich zu erinnern. Einmal hatte er sein Gesicht undeutlich gesehen, zumindest glaubte er, einen Umriss von Melancholie in dem Schattenbild erkannt zu haben, damals, in seinem dunklen Zimmer.

Enttäuscht kehrte er an seinen Platz zurück. Seine Schwester hatte ihn schon vermisst.

„Was ist los mit dir“, hörte er sie sagen. „Du bist ganz blass. Stimmt etwas mit dem Engel nicht?“

„Nein, mir war nur, als hätte ich unseren Urgroßvater gesehen. Dort drüben stand jemand, der so aussah wie er.“

„Woher willst Du wissen, wie er ausgesehen hat?“

„Die Briefe."

„Ich verstehe. Mir kam es auch so vor, als hätte er sie erst kürzlich geschrieben", sagte Irene. – „Wir atmen eben dieselbe Luft."

Noch eine ganze Weile blickte er in die Richtung, in der er Max vermutete. Unter den vielen Menschen wollte er ihn nicht loslassen. Er wusste, dass er dort war. Wenn nicht heute, dann damals. Seine Anwesenheit tat ihm gut. Er fühlte, wie er ihn sich herbeiwünschte, weil er Dankbarkeit empfand. Der alte Bildhauer hatte ihm beigestanden, von Anfang an. Die Arbeit wäre nicht halb so gut gelungen.

Jetzt sah er hinauf zu dem Engel und erinnerte sich, wie er ihn zuletzt berührt, seine Hand auf die kühle Haut gelegt hatte, um ihm seinen Flügel zurückzugeben. Er war dabei ganz ruhig geworden, als meditiere er. Etwas hüllte ihn ein und machte ihn leicht und schwebend.

Sam kam mit einer Maß Bier zurück. Übertrieben prostete er Michael zu. Dann nahm er einen kräftigen Zug. Und als er absetzte, stand ihm der Schaum auf der Lippe.

Irene sah ihm belustigt dabei zu und meinte: „Da hat aber einer Durst."

Sam gluckste: „Ist kostenlos! Freibier für alle. Jemand will uns betäuben." Er lachte, schluckte erneut und sagte: „Ich freue mich schon, wenn die alle hier besoffen sind. Das nenne ich Öffentlichkeitsarbeit!“

Dann wollte er gleich nochmals losziehen, um sich an einem anderen Stand sein Freibier zu holen.

„Wer kommt mit“, rief er. „Irene, hast du Durst? Und Michael, was ist mit dir, du schaust so erbärmlich aus. Du könntest eine Erfrischung vertragen.“

Michael sah, die T-Shirts waren alle verkauft und es gab keinen Grund, noch länger zu bleiben. Die Verantwortlichen hatten ihren Text vorgetragen. Die Blaskapelle spielte einen Marsch nach dem anderen. Wenn er sich vorstellte, dass hier bald alle wie auf dem Oktoberfest herumschwankten, die Hemden auszogen, schwitzten und in die Rasenflächen urinierten, ekelte es ihn. Und irgendwann würden die Krawalle und Prügeleien losgehen. Er wollte Sophie schützen und sagte: „Wir gehen heim.“

Auch Irene wollte nicht mehr länger bleiben. Sie nahm den Weg in Richtung der Kastanien. In den kühlenden Schatten verhallte allmählich der Lärm der Menschen. Wind kam auf. Er drängte die Wolken zusammen, bis sie grau wie Asche waren. Sie fühlte sich müde und wollte sich zuhause ausruhen.

Im Atelier lauschte sie dem starken Sommerregen. Das Telefon lag neben ihr, falls Stephan sie zu erreichen versuchte. Sie konnte nicht anders, als immer noch zu glauben, dass alles ein Missverständnis war.

Es gab ein Gewitter und sie fiel wie ein toter Vogel vom Himmel. Kurz vor dem Aufprall fing sie etwas auf. Sie schwebte, sah Trümmer unter sich, Wrackteile, über einen weiten Raum verteilt, inmitten von gelben Feldern. Es war das Flugzeug, in dem ihre Eltern saßen.

Ein fernes Läuten holte Irene zurück. Als sie erwachte, fühlte sich ihr Körper schwer an. Sam war gekommen, um sie abzuholen:

„Was ist, ich dachte, du freust dich?"

Sie nahm sich zusammen, um ihn nicht zu enttäuschen und ihre Niedergeschlagenheit nicht erklären zu müssen.

Sie sagte: „Okay, ich will schnell noch duschen gehen und mich umziehen."

„Es ist spät. Aber klar, wenn du dich noch hübsch machen willst, wieso nicht."

Sie war gereizt, fühlte sich zu etwas getrieben, wonach ihr nicht war und stellte sich auf eine anstrengende Nacht ein. Sie schlüpfte in ihre Jeans und nahm das T-Shirt mit dem Glitzerflügel, das Sophie ihr geschenkt hatte. Aus ihrem Koffer, den sie noch gar nicht richtig ausgepackt hatte, zog sie die schwarzen Pumps. Unschlüssig stand sie vor dem Spiegel und gab rote Farbe auf ihre Lippen.

Sam sah sie zustimmend an: „Wir werden ein tolles Paar abgeben."

Es regnete immer noch. Sie beeilten sich. Sam redete wie ein Wasserfall. Als sie das Lokal erreicht hatten, hörte Irene Musik aus dem Keller wummern. Hinter der Kasse führten Stufen nach unten.

Es war ein Keller mit niedrigen Decken, die Backsteine unverputzt. Der Raum hatte etwas Erdrückendes. Kaltes Licht zuckte rhythmisch. Es strich über ihr Gesicht und blendete. Einige Gestalten bewegten sich zur Musik auf der Tanzfläche. Am DJ-Pult begrüßte Sam seinen Freund. Er war mit zwei Laptops beschäftigt und spielte Techno ein.

Die Boxen zerreißen jeden Moment, dachte Irene. Sam konnte sie in dem Lärm kaum mehr hören, als dieser ihr ins Ohr brüllte: „Ich muss gleich auf die Bühne."

Sie tapste mit ihren Absätzen auf die Bar zu und bestellte sich eine Cola. Immer mehr Gäste drängten sich auf der Tanzfläche. Scheinwerfer schossen auf die Bühne, ein Lichtkegel suchte den Boden ab. Die Musik brach ab. Dann setzten Sirenen ein.

Irene hielt sich die Ohren zu und sah Sam mit schwarzen Flügeln auf der Bühne stehen. Seine Arme sowie sein Gesicht waren zur Decke gerichtet, als habe er sich von oben herabgelassen. Er nahm die Gitarre und beim ersten schrillen Ton kreischte das Publikum. Frauen preschten nach vorne an den Bühnenrand. Irene suchte Schutz an einer Wand. Sie sah, wie Sam wild auf die Saiten einschlug. Es war ein einziges Gewitter.

Als fielen Bomben, dröhnte es aus den Boxen. Wie ein Tier sprang Sam auf und rannte von einer Seite der Bühne auf die andere. Manchmal brüllte er mit einer heiseren Stimme ins Mikrofon. Schmerzvoll krümmte er seinen Körper, ging auf die Knie und lag auf dem Boden wie ein Sterbender. Doch er richtete sich mit seinen schwarzen Flügeln wieder auf.

Er drohte, in die Menge hineinzuspringen. Kurz vor dem Bühnenrand blieb er stehen und blickte entsetzt hinab, als stünde er vor einem Abgrund. Endlos schien seine Wut.

Dann wieder Stille. Er hatte einfach abgebrochen, mittendrin. Das Licht war über ihm zum Stehen gekommen und gleichzeitig stieß Nebel aus dem Boden. Als er in der Wolke fast zu verschwinden begann, nahm er noch einmal seine Gitarre zur Hand und spielte die Melodie eines Kinderliedes. Diesmal ganz sanft. Irene kannte es von Großmutter. Sie hatte es ihr manchmal vorgesungen.

Sie wollte nun doch nach vorne zu Sam, um ihn besser sehen zu können. Doch sie schaffte es nicht, bis zu ihm durchzudringen. Eine Schar kreischender Mädchen hatte sich auf ihn gestürzt, sobald sein Spiel zuende war.

Als sie im Freien war, regnete es immer noch. Bald klebte ihr das Haar nass an den Wangen. Die Schuhe hatte sie ausgezogen und lief barfuß über den schwimmenden Asphalt nach Hause.

Sie dachte plötzlich an Berlin, sah sich dort am Fenster stehen und auf Stephan warten. Doch jetzt war sie hier und spürte den Regen auf ihrem Gesicht.

Ihr war nichts Liebes eingefallen, was sie ihm damals nach dem Streit noch hätte sagen können, außer, ruf mich an, wenn es dir wieder gut geht. Vielleicht hatte das zu überheblich geklungen. Sie war sich unsicher.

Sie sah auf die Uhr. Es war bereits nach Mitternacht. Sie kauerte auf dem Treppenabsatz vor Michaels Wohnung und dachte an einen Auftrag, den sie nicht hatte ausführen wollen.

Stephan hatte versucht, sie zu motivieren. Er sagte, dass ihr mehr Erfahrung gut tun würde und bei dieser Arbeit nichts schiefgehen könne. Doch sie ließ die Pläne für die Hotellobby in der Schublade liegen. Neben die Rezeption sollten neue Sitzgruppen und eine Kaffeebar kommen. Nachdem sie sich den Raum angesehen hatte, ein dunkelblauer Teppich war frisch verlegt worden, konnte sie nichts fühlen und wollte auch nichts hinzufügen oder arrangieren. Es interessierte sie einfach nicht.

Sie musste ihre Lethargie vor Stephan verstecken. Sie wollte ihn nicht enttäuschen. Dann hatte sie ihm eines Tages gesagt, dass ihr die Arbeit nicht lag. Schweigend hatte er es zur Kenntnis genommen, ihr aber keinen Vorwurf gemacht.

Immer wieder bröckelte etwas ab. Auch er ließ sie lange in Unkenntnis, redete die Beziehung schön. Wahrscheinlich war er zu höflich, oder aber nur mit sich selbst beschäftigt. Was es auch war, sie hatten beide Schuld.

Am nächsten Morgen strahlte die Sonne in einem azurblauen Himmel. Das Licht blendete ihre noch müden Augen. Sie sah nach dem Engel. Seine Flügel waren ausgebreitet und sie dachte, gleich fliegt er weg.

Als Michael kam, küsste sie ihn auf die Wange und sagte: „Ich brauche dringend eine warme Dusche und Frühstück."

Sie hatte sich vorgenommen, ein neues Leben zu beginnen. Dabei dachte sie an den Garten in Isen, den blühenden Apfelbaum und die Wiese voller Gänseblümchen. Dort würde sie ganz neu anfangen können.

Zufrieden trank sie ihren Kaffee mit viel Milch. Gleich drei Marmeladenbrote strich sie sich. Sie schmeckten wie noch nie. Doch der letzte Bissen blieb ihr fast im Hals stecken, als Michael sie auf

Sam ansprach und wissen wollte, wie das Konzert gewesen sei.

„Es war toll, du hast etwas verpasst“, sagte sie und verdrehte ihre Augen. „Mir war es allerdings zu laut. Ich fühle mich immer noch ganz taub.“

Michael überfiel auf einmal Traurigkeit. Der Engel war fertig und er wusste, seine Schwester würde bald abreisen.

„Fährst du nach Berlin zurück?“

„Nö, ich fahre nach Isen. Bleibe dort ein paar Tage, vielleicht auch länger.“

„Dann wird das Haus wieder bewohnt? Ist ja prima“, antwortete er. „Vielleicht komme ich dich besuchen, mit Sophie, wenn du nichts dagegen hast.“

„Ich würde mich freuen. Das wird Sophie bestimmt gefallen. Der Garten ist herrlich, gerade um diese Jahreszeit. Ich stelle den Tisch und die Stühle draußen auf.“

„Dann rechne mit uns kommendes Wochenende. Hoffentlich hält das Wetter. Ich brauche Isen jetzt mit viel Sonne. Vielleicht bringe ich sicherheitshalber meinen Werkzeugkasten mit. Denke, da fällt einiges an.“

Und dann sagte sie es einfach so heraus: „Du, ich hab vor, das Haus zu renovieren. Irgendeine Beschäftigung brauche ich, so lange ich keinen Job habe. Ich werde sonst verrückt.“

„Das kommt jetzt aber sehr spontan."

„Ja, das weiß ich. Aber vielleicht kann man dann in dem Haus wieder wohnen. Die Zimmer sind klein und ich könnte größere Räume gestalten. Ich brauche deine Einwilligung. Bitte sag ja."

„Tja, wenn ich dich nicht davon abhalten kann, dann wirst du wohl in Isen aufräumen müssen."

„Also hast du nichts dagegen? Und keine Sorge, ich werde dich nicht fragen, ob du mir helfen willst. Allerdings könntest du mir deinen Pickup leihen. Ich brauche die Ladefläche. Dafür bekommst du meinen Wagen."

„Geht klar, aber bitte wirf nichts weg, das mir lieb ist. Was du aus den Räumen machst, überlasse ich dir. Aber die Möbel, die behalten wir. Ich komme am Wochenende mit Sophie und dann überlegen wir gemeinsam, was wir tun können. Und deinen Wagen fahre ich gerne. Ich frage mich schon die ganze Zeit, wie du dir diese Kiste leisten kannst."

„Es ist Stephans Auto. Ich habe es mir ausgeliehen."

„Lass mich raten: Ihr habt euch gestritten, du hast dir sein Auto geschnappt, dann bist du nach München gefahren."

„So in etwa, ja. Aber ich will es zurückgeben."

„Was ist passiert?"

„Ich kann es dir nicht erklären. Es fällt mir schwer,

darüber zu sprechen. Aber ich bin froh, dass ich dich wiedergefunden habe und wir uns nun nicht mehr aus dem Weg gehen müssen."

„Also bist du wegen mir nach München gekommen?"

Plötzlich dachte sie, dass sie ohne Stephans Verschwinden niemals zu ihrem Bruder gefahren wäre. Es hatte also doch auch etwas Gutes. Das Leiden war nicht umsonst. Und dann hörte sie Michael sagen:

„Mich beruhigt es im Nachhinein, dass du in Berlin nicht einsam warst, einen Menschen hattest, der sich um dich gekümmert hat. Und wenn es Stephan nicht mehr in deinem Leben gibt, dann sollst du wissen, dass du mich und Sophie hast. Und bald kommt das Baby."

Im Garten wuchsen Margeriten, Mohn und Schafgarbe neben Disteln und Löwenzahn. Der Apfelbaum trug bereits Früchte. Überall summten Bienen und schwirrten Mücken. Irene freute sich über jeden Schmetterling. Hier fühlte sie eine Leichtigkeit, wie Kinder sie fühlten, wenn sie im Garten spielen.

Im Haus riss sie die Fenster auf. Nun war sie zurückgekehrt. Im Dorf hatte sie sich schon nach Handwerkern erkundigt. In einer Schreinerei stellte man ihr einen Trupp zur Verfügung, kräftige Männer aus Isen und der Nachbarschaft. Auch ein Gutachter war dabei, der eine Ahnung von Hauswänden hatte. Er meinte, die Holzverkleidung und der Putz müssten runter, dann könne er die Mauern trockenlegen.

Die Möbel wurden von den Männern am nächsten Tag in den Garten unter einen Dachvorsprung gestellt. In nur wenigen Stunden stand alles draußen: Betten, Stühle, Tische, Stehlampen, Schränke, einfach alles, was nicht festgemacht war. Anschließend befreiten sie die Wände von morschem Holz. Sie begannen auch die alten Kacheln im Bad zu entfernen, samt Badewanne und Klo.

Irene fuhr in ein Einrichtungscenter, das einige Kilometer von Isen entfernt lag. Sie suchte sich ein neues Badezimmer aus. Anschließend hatte sie Großmutters Küche stundenlang geputzt. Sie legte eine Matratze auf den Boden und richtete sich an der Wand unter dem Fenster ihr Nachtlager ein.

Eifrig zeichnete sie in jeder freien Minute an den Grundrissen der einzelnen Stockwerke. Sie entfernte Wände und zog sie an anderer Stelle hoch. Dann fertigte sie einen Querschnitt an. Darin waren die einzelnen Wohnbereiche nochmals deutlich zu sehen. Man sah sozusagen durch die Außenwand ins Innere, wie bei einem Puppenhaus.

Was werden Michael und Sophie sagen, wenn sie die Betten im Garten vorfinden? Ob sie gerne unter freiem Himmel schlafen? Irene hatte Michael eine

Nachricht geschickt, was er alles mitbringen sollte. Unter anderem wäre ein Zelt ganz praktisch. Und er schrieb zurück:

„Wo ein Zelt ist, gibt es auch ein Lagerfeuer. Ich bringe Steaks mit."

Irene hatte den Tisch und die Stühle unter den Apfelbaum gerückt. Das alte Geschirr von Großmutter fand seinen Platz auf einer bestickten Tischdecke. Sie hatte Marmorkuchen gebacken.

Gerade als alles fertig war, hörte sie das Auto in der Einfahrt. Sie sah Sophie aussteigen. Ihr Bauch war wieder gewachsen, seitdem sie sich das letzte Mal gesehen hatten. Vorsorglich hatte Irene ein Kissen auf den Stuhl gelegt.

Sophie fing an zu schwärmen. „Wie herrlich es hier ist."

Michael baute das Zelt auf, mitten ins hohe Gras. Er meinte, wie romantisch so ein Wiesenbett doch sei. Als er damit fertig war, setzte er sich zu den Frauen an den Tisch und kostete von dem Kuchen, den Irene gebacken hatte.

„Hmm, sehr gut!"

„Und wie ist es dir mit den Handwerkern ergangen?"

„Wir können ins Haus gehen, dann seht ihr, wie weit die Baustelle ist."

Die Küche war noch im Originalzustand und Sophie war gerührt, wie alt und doch schön alles sei.

„Wieso seid ihr weggezogen?"

„Manchmal ist der Verlust eines geliebten Menschen nur dann zu überwinden, wenn man selbst geht, egal wohin. Michael ist nach München gegangen und ich nach Berlin. Ich brauchte wohl den größeren Abstand."

„Und hast du vor, hier zu bleiben?", fragte Sophie neugierig.

„Das weiß ich noch nicht. Das kommt darauf an."

Nun begutachteten sie Michaels Zimmer, in dem jetzt nur mehr rote Ziegelwände zu sehen waren. Sie sahen sich alle Räume an. Etwas wehmütig gestand Irene:

„Es wird sicher anders aussehen, wenn alles fertig ist."

„Wir haben ja noch die alten Möbel", meinte Michael. „Wenn die wieder aufgestellt sind, dann wird´s gemütlich."

Irene zeigte auf die Wände, die weg sollten, damit größere Räume entstehen können. Dafür wären dann insgesamt weniger Zimmer vorhanden.

„Und den Speicher will ich ebenfalls ausbauen lassen. Ein einziger großer Raum, der wie ein langes Zelt geschnitten ist, mit großen Glasdreiecken."

„Das wird ein schöner, heller Arbeitsraum“, meinte Michael. Er schlug ein Architekturbüro vor.

„Und die anderen Räume?“, fragte Sophie.

„Der erste Stock bietet sich zum Wohnen an. Aus Michaels Zimmer könnte ein Schlafzimmer werden. Omas und das Zimmer der Eltern werden zusammengelegt. Als Wohnraum ideal, weil die beiden Fenster nach Westen gehen. Man könnte sogar eine offene Küche integrieren. Und in die Besenkammer, da kommt eine Toilette mit Waschbecken.“

„Und was wird aus deinem Zimmer?“

„Das weiß ich noch nicht.“

Im Erdgeschoss waren sich die drei einig. Die Küche sollte so bleiben. Zum Glück waren die Mauern hier weder feucht noch vom Schimmel befallen. Sie warfen noch einen Blick ins alte Bad. Dort herrschte derzeit das größte Chaos.

„Das neue Bad wird ganz weiß werden. Ach ja, und dann gibt es ja noch die große Diele. Man könnte ein weiteres Zimmer gewinnen. Platz wäre somit für alle da.“

Michael und Sophie sahen sie jetzt aufmerksam an und Irene wusste, sie hatte laut gedacht. Aber so verkehrt fand sie ihren Vorschlag nicht. Die ganze Woche hatte sie schon überlegt, wie sie es ihnen beibringen sollte, doch gemeinsam hier zu leben.

Sie wusste, Michaels Wohnung bestand nur aus einer Küche, einem Bad und einer winzigen Kammer. Das Atelier konnte man in zwei Räume aufteilen, doch war der Raum schlecht isoliert und auf Dauer ungemütlich. Auch wollte sie Isen nicht für sich allein beanspruchen, nur weil sie es renovierte. Es gehörte ebenso Michael. Und sie wusste ja noch nicht mal, ob sie bleiben konnte.

„Wollt ihr das Obergeschoss nehmen? Michael, du solltest dein Atelier in München so lassen, wie es ist. Es wäre schade darum."

Sophie war die Erste, die reagierte: „Das ist großartig. Ich bin dabei. Und wo soll das Kinderzimmer sein?"

„Wie wäre es mit meinem alten Kinderzimmer?", schlug Irene vor.

Sophie war begeistert. Sie sah zu Michael, um seine Zustimmung abzuwarten. Er schien überfordert und brachte kein Wort heraus. Etwas apathisch stand er da und wusste nicht so recht, ob er sich freuen oder weinen sollte.

„Überlegt es euch in Ruhe", sagte Irene. „Es muss nichts heute entschieden werden." Damit ließ sie die Beiden alleine und ging in den Garten, um den Tisch abzuräumen und für das Abendessen neu einzudecken. Anschließend schüttete sie die Kohle in den Steinofen, der schon etwas bemoost im Garten stand, und sammelte das alte Holz vom Haus, um es für ein Feuer aufzustellen.

Die Sonne hatte das Haus und den Garten mit Gold überzogen. Bald war sie unter gegangen. Drei Menschen saßen an einem Tisch. Feuerflammen erhellten ihre Gesichter, als sie sich Geschichten aus ihrer Kindheit erzählten. Manches Mal mussten Irene und Sophie lachen, wenn Michael versuchte, Großmutter zu imitieren.

Das Leben ging weiter und Irene betrachtete Sophies Bauch. Es war ein Raum für neun Monate. Vielleicht der schönste aller Räume des irdischen Daseins.

Als das Haus in Isen saniert und der Umbau endlich fertig war, zogen Sophie und Michael ein. Sophie brachte Ende November ein Mädchen zur Welt. Sie nannten es Marie, nach der Großmutter. Das kleine Mädchen wurde zum Mittelpunkt. Alle waren sie besorgt um das Kind und wollten es bemuttern. Wenn Sophie keine Zeit hatte, weil sie nach München musste, um ihre T-Shirts zu verkaufen, und Michael in seinem Atelier war, übernahm Irene die Aufsicht des Säuglings. Und wenn sie mit der kleinen Marie alleine war, genoss sie es, wenn die kleinen Hände nach ihr griffen und ihre Augen nach ihr sahen.

Als sie die Briefe ihres Urgroßvaters wieder einmal durchsah, entdeckte sie einen Brief, den sie tatsächlich noch nicht gelesen hatte. Er stammte zu ihrer Überraschung von Michael.

Liebe Irene,

ich wollte schon lange mit dir reden, habe aber bisher keinen günstigen Moment finden können. Dann dachte ich, es ist doch viel besser einen Brief zu schreiben, so wie es auch unser Urgroßvater immer getan hat.

Das Schöne an Briefen ist, dass man sie nur dann liest, wenn man auch wirklich bereit dazu ist. Ich gehe also davon aus, dass, wenn du meine Zeilen liest, es der beste Zeitpunkt für dich ist.

Sicher kannst du dir denken, was ich ansprechen will. Und vielleicht hast auch du schon versucht, mit mir zu reden. Ich weiß, ich habe dir seit deiner Ankunft in München keine Möglichkeit dazu gelassen. Der Engel und die Arbeit waren immer eine gute Ausrede. Vielleicht wollte ich nicht mit dir reden, weil ich Angst davor hatte, dass es uns wehtun würde, wenn die Kindheit wieder ausgegraben wird.

Aber nun bin ich froh, dass du zurück bist und ich alle meine Erinnerungen wiederhabe. Sie sind wie ein Schatz, den man als Kind vergraben hat und plötzlich wieder findet. Das verdanke ich dir. Und auch dem

Urgroßvater, der mir mit seinen Briefen klar machte, wie wertvoll die Familie ist.

Und dann übte auch der Engel eine Wirkung auf mich aus. Als ich hoch oben auf dem Gerüst gestanden habe und in sein goldenes Gesicht sah, da überfiel mich die Einsicht oder auch der Wunsch, etwas gutzumachen.

Dich um Verzeihung zu bitten, ist mir die ganze Zeit furchtbar schwer gefallen. Immer saß ein tiefer und vielleicht auch kindischer, stolzer Groll in mir. Aber nun ist er endlich für immer verschwunden. Das liegt wohl daran, dass ich jetzt endlich erwachsen geworden bin. Ich habe begriffen, dass ein Kind in dieser Situation, in der du damals warst, nicht weiß, was es tun soll. Wie soll man denn jemals den Tod der eigenen Eltern begreifen können, der so sinnlos ist? Dazu waren wir nicht fähig. Wir glaubten, dass die Liebe mit den Eltern verloren ging.

Aber die Liebe geht niemals verloren. Du bist mir ein wertvoller Mensch. Ich hoffe, du kannst fühlen, dass wir eine Familie sind.

Dein Bruder Michael

*****

Irene hatte es immer wieder aufgeschoben, sich die neue Stadt und das Krankenhaus anzusehen. Mittlerweile war es Dezember und bald ein Jahr her, seit sie nach München gekommen war. Meist hatte sie die Stadt verdrängt, so, als wäre sie nie real geworden. Sie umfuhr sie, suchte eine Richtung, die sie nicht an Stephan denken ließ. Aber sie wusste auch, dass sie eines Tages hierherkommen musste. Und jetzt konnte sie nicht mehr zurück. Sie wollte das Krankenhaus, das er gebaut hatte, mit eigenen Augen sehen.

Heute war sie stark, ein guter Tag, um ihre Gefühle im Gleichgewicht zu halten. Sie nahm sich vor, nicht groß darüber nachzudenken. Sie wollte es nur einfach hinter sich bringen, einmal dort gewesen sein.

Sie fuhr über die Europaallee langsam an einem Busterminal vorbei. Polizisten umringten Menschen, die sich jenseits des Schutzwalls befanden. Die Angekommenen suchten die Umgebung ab, kämpften mit der Kälte und wussten nicht, ob sie hier sicher waren. Sie standen mit ihrem wenigen Gepäck da, warteten geduldig, bis einer der Wächter das Gatter öffnete und einen Weg freigab.

Zumindest konnten sie hier beginnen, dachte Irene, und sie bemerkte die Kinder, die spielten und lachten, so, als wenn es in ihrer Heimat nie einen Krieg gegeben hätte. In bunte Anoraks waren sie gepackt. Sie sahen müde aus. Doch sie spielten mit den roten Luftballons, die sie von einem Helfer bekommen hatten. Sie ließen die Schnüre los und sahen zu, wie die Ballons stiegen und bald im Nebel verschwunden waren. Und ein alter Mann, der am Rande der Gruppe stand, spielte eine eigenartige, monotone Melodie auf seiner Geige. Sein Bogen glitt über eine einzelne, gespannte Saite.

Irene war bis zur großen Kreuzung gefahren. Das Schild zum Krankenhaus zeigte nach links. Durch die Windschutzscheibe sah sie in den Wolken eine Schar Raben. Sie flogen wie ein Fischschwarm über sie hinweg, umkreisten eines der Hochhäuser und sammelten sich schließlich auf einer noch unbebauten Schotterebene. Bald hüpften sie entlang des Grünstreifens, der Fußweg und Fahrbahn trennte, und stießen ihre schwarzen Schnäbel in dunkle Erde.

Sie hielt in einer Parkbucht an und folgte einem rampenartigen, sandfarbenen Fußweg mit einer leichten Steigung. Dreiecksflächen empfingen sie am Besuchereingang. Wie eigenwillig es geworden war. Das Krankenhaus hatte nichts mehr mit seinen ursprünglichen Plänen gemein, fand Irene. Es waren drei Komplexe, bestehend aus zwei Pyramiden und einem Flachbau, der die Gebäude verband.

Über doppelte Türen aus getöntem Glas erreichte sie das Innere und trat auf glänzende schiefergraue Flächen.

Sie sah einen Arzt am Empfang stehen, ging an ihm vorbei, hinüber zu den stählernen Aufzügen. Sie wollte auch die Stationen sehen. Ein Patient mit einem Infusionsständer kam ihr entgegen. Und am Rande saß auf einem Stuhl ein Junge, der seine Krücken neben sich auf den noch freien Platz gelegt hatte.

Sie folgte einem der Gänge, links und rechts parkten Krankenbetten, die jemand mit einer transparenten Folie überdeckt hatte, und öffnete die nächste gläserne Türe. Hier ging es nicht weiter. Vor ihr war eine Spiegelwand.

Seitdem er sich von ihr getrennt hatte, zerstörte sie ihre eigenen Bilder, ließ Wände und Häuser einstürzen, wenn sie sich nach ihm sehnte. Im Spiegel sah sie ihre geröteten Augen und das Schwarze in ihren Pupillen. Enttäuscht und auch erleichtert ging sie zum Ausgang zurück.

Sie betrat das Restaurant, das sich gleich neben dem Krankenhaus befand. Rote und goldene Weihnachtskugeln hingen von der Decke herab. In einer Ecke stand ein Baum mit Lametta und elektrischen Kerzen. Sie wollte einen Kaffee trinken und setzte sich an einen freien Platz.

Am Nachbartisch beobachtete sie eine Familie. Ein rosa gekleidetes Mädchen saß auf dem Schoß seiner Mutter. Es zog alle Aufmerksamkeit auf sich, weil es quengelte und nicht aufhörte, als seine Mutter es beruhigen wollte. Es war vielleicht vier Jahre alt. Seine Locken waren durch eine Spange oben am Kopf zusammengebunden. Der Vater half eine Verpackung zu öffnen und überreicht den Inhalt dem Kind. Augenblicklich wurde es still.

Irene dachte an ihre Eltern, an deren Gesichter sie sich nicht erinnern konnte. Plötzlich lächelte ihr das kleine Mädchen zu, ließ sein neues Spielzeug absichtlich fallen, so dass es Irene vor die Füße fiel. Sie hob es auf und sah, dass es ein kleiner Engel war. Als das Mädchen ihn bei Irene fand, da lachte es und seine kleinen Hände griffen flink danach.

Irene blickte aus dem Fenster. Es hatte zu schneien begonnen. Erst nächstes Jahr könnte sie mit der kleinen Marie einen Schneemann im Garten bauen. Jetzt war sie noch zu klein dazu, und sie dachte an ihre eigene Kindheit in dem winterlichen Garten, in Großmutters Haus. Diese Zeit blieb verschlossen. Jemand hatte einen Deckel draufgegeben und sie konserviert. Manchmal schaute sie durch das Einweckglas, in dem sie ganz winzig war, mit ihrem Bruder im Garten spielte und darauf warteten, dass ihre Eltern zurückkamen. Die Vergangenheit änderte sich nie.

Die Schneeflocken fielen noch wie damals. Die weißen Punkte sanken in einer gemeinsamen Geschwindigkeit. Am Boden angekommen, hielten sie sich an den Flächen fest und froren an. Auch sie war an so einer Fläche angekommen, wo es nicht weiter ging. Straßen und Räume, alles wiederholte sich. Sie befand sich in einem gläsernen Labyrinth, durch das sie zwar alles sah, aber doch nicht den Ausgang fand. Sie bemerkte nicht, dass jemand das Restaurant betrat.

Er war im Eingang stehen geblieben und sah ihr zu, wie sie mit dem Mädchen am Nachbartisch redete. Ungläubig starrte er in ihre Richtung. Er dachte, sie sei in Berlin. Auch fiel ihm auf, wie still sie saß, als sie aus dem Fenster blickte. Sie rührte sich nicht. Keine Bewegung war in ihrem Haar zu sehen. Er wollte sie nicht stören – sicher dachte sie nach. Sie hat sich vielleicht das Krankenhaus angesehen? Ob sie schon öfters hier gewesen war?

Der Schnee fiel dichter, so dicht, dass die Straßen vollständig weiß waren. Irene und Stephan gingen wortlos nebeneinander, ohne ein bestimmtes Ziel zu haben. Schnell wurden ihre Fußspuren vom frischen Schnee zugedeckt.

---- Ende ----

Nachwort

Ernst Bauer, der Bruder meiner Mutter, überreichte mir Weihnachten 2009 eine Familienchronik. Er sah mich dabei etwas hilflos an und meinte, es interessiere sich leider niemand mehr für die alten Geschichten. Ich hingegen glaubte einen Schatz in Händen zu halten. Endlich konnte ich mehr über meine Ahnen erfahren, die ein eigenes Wappen besaßen und deren Stammbaum bis ins 17. Jh. zurückreichte.

Ganz besonders war mir ein Bildhauer aufgefallen. Er hieß Max Heilmaier und war in Isen bei Erding in ärmlichen Verhältnissen geboren und aufgewachsen. Als Zwölfjähriger wurde er nach München geschickt, um das Schnitzhandwerk zu erlernen. Später studierte er Bildhauerei an der Kunstakademie und erschuf gemeinsam mit Georg Pezold und Heinrich Düll den Friedensengel in München.

Das Denkmal, das seit 1899 seinen Platz in der Prinzregentenstraße an der Isar hat, ist zum Wahrzeichen der Stadt geworden. Besonders der goldene Engel, der hoch oben über den Dächern im Himmel zu schweben scheint, ist nicht nur ein schöner Anblick und Symbol des Friedens, sondern auch die Erinnerung an Kriege. Nur die wenigsten wissen, dass es eigentlich eine Nike ist.

Noch ein paar Worte zur Romangestaltung und Entstehung: Die historischen Personen und überlieferten Ereignisse wurden in fiktionalen, historischen Szenen und Briefen in die Gegenwart eingeflochten, deren Figuren und Handlung frei erfunden sind.

Die Familienchronik mit dem Titel „Das altbayrische Geschlecht der Heilmaier“ diente mir als Vorlage und Inspiration. Der Bruder des Bildhauers, Pfarrer Ludwig Heilmaier, hatte sie zusammengetragen.

Wenn aus einer Familiengeschichte ein Roman wird, liegt das vor allem am Durchhalten. Mein Dank gilt daher ganz besonders Dietmar Mössmer, der mich in den Jahren des Recherchierens und Schreibens begleitet und unterstützt hat. Er machte mir Mut, die Geschichte zu Ende zu schreiben. Auch möchte ich Susa Brenner, Wolfgang Weinkauf und meinem Verleger Franz Westner danken, die es mir ermöglichten, das Werk zu veröffentlichen.

An dieser Stelle möchte ich mich auch nochmals bei jenen Menschen bedanken, die mir bei meiner Zeitreise ins historische München, ins bayerische Umland und bei der Beschreibung der Restaurierung des Engels geholfen haben:

Herzlichen Dank an Max Römer. Der Enkelsohn von Max Heilmaier kannte seinen Großvater leider nicht persönlich, aber aus Erzählungen seiner Mutter, der einzigen Tochter des Bildhauers. Als ich ihm die fiktiven Briefe seines Großvaters zu lesen gab, meinte er: „Genau so habe ich ihn mir vorgestellt."

Claus Haller gab mir einen Einblick in den Beruf des Bildhauers und Restaurators. Er hatte u. a. die Münchner Bavaria und im Jahr 2000 den Münchner Friedensengel restauriert.

Petra Haller, Archäologin, sowie der Fotograf Toni Böld führten mich durch Markt Isen, dem Heimatort der Familie Heilmaier. Toni Böld sowie Familie Haller waren viele Jahre im Arbeitskreis der Heimatpfleger und haben auch das Andenken von Max Heilmaier in Kirche und Rathaus bewahrt.

Georg Schneider vom Schneider Bräuhaus hatte mir über die Bierbraukultur im alten München einen aufschlussreichen Vortrag gehalten. Das „Weisse Bräuhaus" hatte sich zu meiner Freude seit damals kaum verändert. Somit hatte ich für meine Szenen wertvolles Anschauungsmaterial. Erst während des Gesprächs stellte sich dann heraus, dass Herr Schneider mit dem Bildhauer Heinrich Düll verwandt ist, der einer der drei Bildhauer des Friedensdenkmals war.

Quellen

„Friedensengel – Bausteine zum Verständnis eines Denkmals der Prinzregentenzeit" herausgegeben von Norbert Götz, erschienen 1999 Münchner Stadtmuseum, Edition Minerva Hermann Farnung, ISBN 3-932353-32-3

„Max Heilmaier – Ein deutscher Bildhauer" von Georg Lill, aus der Reihe Meister christlicher Kunst, Plastiker: Band III, erschienen 1922 Verlag Parcus & Co., München

„Das altbayerische Geschlecht der Heilmaier" von Pfarrer Ludwig Heilmaier (Chronik befindet sich im Familienbesitzt), erschienen vor 1943 in Isen

„Für die Runderneuerung ein silbernes Gerüstkleid" Artikel erschienen im BAU-Kurier 2000, ISSN: 0863-5145, Jg.:11, Nr. 5

München – Die große Zeit um 1900 – Kunst, Leben und Kultur 1890-1920" von Rainer Metzger, erschienen im Deutschen Taschenbuch Verlag, ISBN 978-3-423-34540-8

„Friedensdenkmal" Wikipedia: https://de.wikipedia.org/wiki/Friedensdenkmal